BEETHOVEN

DRAME LYRIQUE,

Précédé de quelques Mots sur

L'EXPRESSION EN MUSIQUE

ET SUR

LA VÉRITABLE POÉSIE

DANS LE DRAME LYRIQUE.

PAR F.-L. BERTHÉ.

L'actualité tue la poésie dans la musique.

PARIS

CHEZ DÉNAIN, LIBRAIRE,

RUE DES SAINTS-PÈRES, N° 26.

JUIN 1836.

BEETHOVEN

Drame lyrique.

IMPRIMERIE DE HENRI DUPUY,
RUE DE LA MONNAIE, N° 11.

BEETHOVEN

DRAME LYRIQUE,

Précédé de quelques Mots sur

L'EXPRESSION EN MUSIQUE

ET SUR

LA VÉRITABLE POÉSIE

DANS LE DRAME LYRIQUE.

PAR F.-L. BERTHÉ.

L'actualité tue la poésie dans la musique.

PARIS

CHEZ DÉNAIN, LIBRAIRE,

RUE DES SAINTS-PÈRES, N° 26.

JUIN 1836.

AVANT-PROPOS.

———

Il y a quelques années, au plus fort de la querelle entre les classiques et les romantiques, un livre, ouvrage d'un homme d'esprit et de talent, parut et vint prouver que l'intérêt du drame pouvait ne pas être uniquement renfermé dans le cercle des trois unités. Ce livre eut une vogue extraordinaire et fit des conversions : c'est que l'auteur y prêchait d'exemple ; c'est qu'au lieu de perdre son temps à faire des théories et des poétiques, il posait les règles et en montrait l'application. Aussi le théâtre de *Clara-Gazul* fit faire à lui seul plus de progrès à la question qui divisait les gens de lettres en France que tous les feuilletons du monde, et ce n'est pas sa faute si les efforts de ses disciples n'ont pas donné, au dire de la critique, des résultats plus satisfaisans pour l'art.

Ce que M. Mérimée avait fait pour le drame
pur et simple, je voulus le faire il y a deux ans
pour le drame lyrique, quand je livrai au public
mes deux volumes intitulés *Douze libretti.*

Une vieille querelle existe aussi entre les auteurs d'opéras et les compositeurs : c'est à qui se
fera la plus large part. J'essayai donc de mettre
tout le monde d'accord, en prouvant entre autres
choses, dans une suite de drames appartenant à
tous les genres, 1° qu'une grande simplicité d'action est nécessaire dans toute pièce destinée à la
scène lyrique, si l'on veut que la musique y rem-
plisse le rôle qui doit lui appartenir, et que cette
simplicité n'exclut point l'intérêt; 2° que l'effet
d'une situation musicale dépend toujours de la
manière dont elle est présentée; 3° enfin, qu'il
est possible de faire un drame lyrique, sinon
sans couplets, du moins sans couplets qui ne
soient présentés musicalement, c'est-à-dire sous
le point de vue le plus favorable à l'expression
musicale.

Quelques hommes de lettres et artistes, qui
voulurent bien dans divers journaux consacrer à

ce livre, sans importance littéraire, quelques lignes dont je les prie de recevoir ici mes sincères remerciemens, me reprochèrent de n'avoir pas rendu assez clair le but que je m'étais proposé en le publiant. Il est certain qu'avec un peu plus de cet aplomb, de cette confiance en soi-même dont je vois tant de gens si richement pourvus par la nature, j'aurais pu, dans une longue et rog préface, dérouler une longue poétique du genre et me poser hardiment en réformateur de la scène lyrique ; dans ce siècle de réforme générale, où nous voyons tant de docteurs prêcher et vendre leurs théories sur la borne, mes prétentions n'auraient peut-être pas paru plus ridicules que les leurs. Je craignis de me charger d'un rôle qui me semblait peu en harmonie avec mon humble position d'amateur inconnu, ou, si l'on aime mieux, d'homme de lettres sans titres littéraires. Je me bornai donc à indiquer le plus succinctement possible, dans une note que je joignis en forme de renvoi à un avis au lecteur très-court, quelques aperçus que je crus nouveaux, sur la nécessité des oppositions, des contrastes, dans certaines

situations du drame lyrique, fort importantes par
cela même qu'elles s'y représentent fréquemment.
J'y ajoutai quelques réflexions ou vues générales
que je semai çà et là dans le cours du recueil,
et je laissai au lecteur qui voudrait bien se donner
la peine de le parcourir le soin d'apprécier le
tout ; persuadé que mon épigraphe : *Tout pour la
musique,* lui en apprendrait plus, sur mes véritables intentions, que toutes les préfaces et toutes
les poétiques que j'aurais pu faire. Les reproches
obligeans, dont je parlais tout à l'heure, m'ayant
prouvé depuis que mes idées auraient eu cependant besoin de quelques développemens pour
être comprises, je crois utile de revenir sur une
question, en apparence fort légère et que beaucoup de gens qualifient d'*étroite spécialité*, mais
qui (j'en acquiers chaque jour de plus en plus la
conviction) peut, si l'on n'y prend pas garde,
non-seulement retarder le progrès, mais compromettre même le salut de l'art musical en
France.

L'EXPRESSION EN MUSIQUE

ET DE

LA VÉRITABLE POÉSIE

Dans le Drame lyrique.

L'actualité tue la poésie dans la musique.

Il fut un temps où la musique était considérée avec raison, parmi nous, comme un art éminemment propre à la peinture des passions. A voir le train dont nous allons depuis quelques années, ne dirait-on pas, en vérité, que nous ne la trouvons plus bonne qu'à nous faire danser?

Il y a en musique deux moyens infaillibles d'émouvoir les masses ou de produire ce que l'on appelle de l'effet : l'expression et le rhythme; je ne parle pas de l'imitation, qui n'est pas plus de la musique que le *trompe-l'œil* n'est de la peinture.

Un homme de génie vint, qui, sans jamais négliger le premier, l'expression, (quoi qu'on ait

1

pu en dire), donna au second, le rhythme, plus
d'importance que ses devanciers. Grâce à nos
musiciens, qui, croyant faire sans doute comme
Bernard-Léon dans l'*Artiste*, *du Rossini de
première qualité*, abusèrent de ce second moyen
(dans l'impuissance où on les plaçait, je veux le
croire, de se servir du premier), il y eut un moment où nos théâtres et nos salons furent inon-
dés d'airs de guinguettes et où, saisis tous d'une
espèce de vertige frénétique, nous pouvions
avoir, pour l'observateur de sang-froid, quelque
point de ressemblance avec ces anciens convul-
sionnaires, chez qui le feu du bûcher pouvait
seul éteindre l'ardeur de la danse.

Cette fièvre se calme, dit-on; plût au ciel! le
goût, qui en a déjà reçu de si rudes atteintes,
finirait par se dépraver sans ressource. Où nous
conduirait, bon Dieu! cette rage de produire de
l'effet à tout prix, qui, insensiblement, ravalant
l'art au niveau des symphonies équestres de
Franconi, nous a valu le honteux enfantement
de l'ignoble galop? Quelque temps avant la première représentation des *Huguenots*, un journal nous annonçait des feux de peloton qui de-
vaient jouer un rôle dans l'orchestre de cet
opéra comme combinaison instrumentale : ce
nouveau moyen de charmer l'oreille et d'aller

droit au cœur me semblait si bouffon, si absurde,
que je n'hésitais pas à en croire le rédacteur.

Une question toutefois reste à résoudre : celle
de savoir qui l'on doit accuser, des compositeurs
ou du public, de cette fausse direction imprimée
à l'art. Je me propose ici d'essayer de prouver
qu'il n'en faut accuser ni le public ni les compositeurs.

Sans remonter au temps des prodiges d'Or-
phée et d'Amphion, il serait facile de prouver
que l'expression, cette ame de la musique, sans
laquelle on peut dire hardiment qu'il n'y a plus
de musique, mais bien une suite de sons vagues
et insignifians, a toujours été le but que se sont
proposé d'atteindre les musiciens de tous les
peuples et de tous les âges. Ainsi, pour ne point
sortir du plan que je me suis tracé, qui est de
ne m'occuper que de la musique dramatique, et
de la musique dramatique française, quels sont
les sujets sur lesquels se sont exercés de préférence nos musiciens, depuis Lulli jusqu'à Gluck,
et depuis Gluck jusqu'à Spontini ¹ ? des sujets où

---

¹ Il n'y a que deux théâtres lyriques à Paris, et par conséquent en
France : l'un où se joue le grand opéra proprement dit; l'autre,
l'opéra comique, genre spécial, dit *genre français*, inintelligible en
effet pour tout autre qu'un Français, mais que Sedaine, qui n'avait
pas à sa disposition la moitié des ressources que ses successeurs ont à

1*

les passions, l'amour surtout, mais l'amour poétique, lyrique, musical enfin, jouent le rôle principal. Peu leur importait que ces sujets fussent tous pris sans cesse dans la mythologie ou dans l'histoire grecque et romaine (le préjugé de leur temps s'opposait peut-être d'ailleurs à ce que les poëtes en cherchassent autre part), il leur suffisait que l'action du drame, peu compliquée, roulât sur la peinture de passions énergiques ou tendres propres à faire briller les ressources de leur art. De leur côté, les poëtes, comprenant que la musique dramatique ne peut se nourrir, ne peut vivre que de sentimens, que de passions, et non de pointes ou de jeux de mots, se conformaient avec soin à ses exigences, et secondaient ses progrès en donnant peu à peu plus de développemens aux situations et plus d'énergie aux personnages. Ainsi encore, sous le rapport musical, ou si l'on aime mieux, quant à

la leur, avait rendu cependant si attachant et si musical pour son temps.

La scène du grand Opéra étant la seule où puisse se déployer à l'aise aujourd'hui la musique d'expression, sujet qui m'occupe, je préviens d'avance le lecteur que, s'il est question de celle de l'Opéra-Comique, ce ne pourra être qu'en passant.

Je le préviens également que tout compositeur qui a écrit sur des paroles françaises est pour moi un compositeur français.

la coupe musicale, s'il y a loin des opéras de
Quinault à l'*Iphigénie* de Durollet et à l'*OEdipe*
de Guillard, et loin de ces deux livrets à celui
de la *Vestale* de M. de Jouy, on ne peut nier
qu'ils ne fussent tous conçus dans le système le
plus favorable à l'art musical, eu égard à l'état
où il se trouvait aux diverses époques auxquelles
ils furent écrits. Et à bien considérer, je ne sais,
en vérité, si les fadeurs tant reprochées à Quinault,

> Si tous ces lieux communs de morale lubrique
> Que Lulli réchauffait des sons de sa musique,

ne valaient pas encore mieux pour la musique,
que tout ce qu'on nous donne et tout ce qu'on
est convenu d'accepter aujourd'hui pour de l'esprit.

Un inconvénient, la monotonie, résultat de
cet éternel choix de sujets sérieux dans la mythologie et dans l'histoire grecque et romaine,
qui donnait, disait-on, un air guindé à la musique française, fut cependant signalé. Remarquons tout d'abord que ce prétendu inconvénient, attaché à tel ou tel genre d'ouvrage, ne
fut jamais remarqué que des générations qui suc-
cédèrent à celles dont ces mêmes ouvrages

avaient fait les délices, et qu'en général toutes
les phases de progrès d'un art quelconque ont
toujours été précédées de récriminations semblables. Ceci explique pourquoi les opéras de Rameau firent oublier promptement ceux de Lulli,
qui avaient enchanté la cour de Louis XIV, et
pourquoi ceux de Rameau, dont quelques octo-
génaires parlent encore avec enthousiasme, s'é-
clipsèrent devant les chefs-d'œuvre de Gluck.
Les sujets étaient cependant les mêmes, puisés
aux mêmes sources; les formes seules avaient
vieilli et fait leur temps tour à tour; enfin l'art
musical avait marché et l'art lyrique avec lui [1].
D'où nous pouvons conclure que l'intérêt réel
d'un drame lyrique doit moins résider dans le
sujet proprement dit que dans la coupe musicale
du drame, dans l'originalité, dans la richesse
des situations que le poëte offre au musicien.
Qu'importe encore une fois que le sujet soit
grec ou romain? Qu'importe qu'il soit sérieux
d'un bout à l'autre, si le libretto dont il a fourni
la matière renferme un intérêt bien plus essentiel
pour le compositeur et pour l'amateur éclairé,

---

[1] Des centaines de poëtes ont remanié successivement, après Métastase, les sujets de ses poëmes, sur lesquels des centaines de compositeurs s'étaient exercés de son vivant.

celui de *grandes et belles situations musicales présentées musicalement?*

Au reste, c'est une question que nous débattrons plus loin, quoiqu'à mon sens elle n'admette point de discussion, que celle de savoir si le drame purement sérieux n'est pas, en définitive, celui qui offre le plus de ressources à la musique d'expression.

Nous croyons avoir prouvé assez clairement qu'en France, aussi bien que partout ailleurs, depuis Quinault jusqu'à l'auteur de la *Vestale*, les poëtes, d'accord avec les musiciens, avaient toujours considéré l'expression comme le résultat le plus désirable de la réunion de leurs efforts.

Il semblait que le parti le plus sage qu'avait à prendre un auteur, quel qu'il pût être, à son début sur la vaste scène de l'Académie royale de Musique, était de les imiter, en modifiant seulement, comme ils l'avaient fait de leur temps, les formes de son libretto, suivant les progrès que, du sien, l'art musical avait pu faire.

Un homme d'un grand et incontestable talent, après avoir inondé tous les théâtres de la France de ses gracieuses et légères productions, arrive enfin à l'Opéra. « Bon, me dis-je, nous allons voir s'élargir encore cette route si riche d'ex-

pression que, le premier en France, Gluck avait
tracée, et dans laquelle après lui les auteurs de
la *Vestale* et de *Fernand Cortès* s'étaient élan-
cés avec tant d'audace et de talent » : et en effet,
l'homme dont je parle n'ayant pas jugé à propos,
dans son passage à l'Opéra-Comique, de suivre
tout simplement celle si bien appropriée au genre
que notre bon et intelligent Sedaine y avait ou-
verte, j'étais autorisé à croire qu'après avoir
étudié avec soin le terrain large, poétique et
nouveau pour lui, sur lequel il voulait marcher
désormais, il se déciderait une bonne fois à changer ses allures mesquines et bourgeoises de vau-
devilliste, contre celles plus franches et surtout
plus musicales, sinon de poëte lyrique, du moins
d'auteur de libretti.

On annonce *la Muette de Portici.* « La
muette ! voilà un singulier personnage qu'une
muette pour un drame lyrique. Mais, bah ! c'est
sans doute encore une de ces contre-vérités pleines de malice et de gaîté si familières à l'ingénieux auteur des *Premières Amours,* du *Plus
beau jour de la vie,* etc., etc., etc. Cette muette
sera tout bonnement une bavarde. Tant mieux,
mille fois tant mieux si c'est une habile cantatrice
qui en remplit le rôle. »

La représentation arriva. Je me rappelle en-

core le désappointement risible de quelques
vieux amateurs, bonnes gens qui comme moi
avaient fait leurs conjectures toutes favorables à
la pièce, d'après la détermination bien arrêtée
qu'ils avaient comme moi supposée à l'auteur.
Cette muette étant bien une muette véritable, en
chair et en os, sous les traits de mademoiselle
Noblet, il fallut bien l'accepter pour telle : « Au
moins, disaient nos vieux amateurs, nous aurons
le plaisir de la voir danser. » Mais quand on vit
que cette muette qui ne chantait pas ne dansait
même pas, oh ! alors, la mystification parut complète. Et en vérité, avec la meilleure volonté du
monde d'accepter des sornettes pour de bonnes
raisons, n'est-il pas permis de s'étonner qu'un
homme, qui veut écrire une pièce destinée à être
mise en musique pour ensuite être chantée sur
un théâtre lyrique, qui a la prétention d'être le
premier du monde, débute par interdire à son
compositeur le droit de faire chanter son hé-
roïne? Dans quel but utile, avantageux, profi-
table à l'art musical, je dirai plus, à la pièce?
C'est ce que je défie à l'auteur lui-même de pouvoir dire.

On reproche aux Italiens d'ajouter toujours
dans leurs pièces deux ou trois personnages pa-
rasites et inutiles à l'action, cela dans l'intérêt du

libretto : on n'a que des éloges, en ce cas, à
adresser à l'auteur qui coupe la parole, même à
ceux qui lui sont le plus nécessaires.

On me répondra, je le sais, qu'il faut bien que
le public goûte les idées de l'auteur puisqu'il les
adopte; que la Muette, par exemple, a fait le
tour de l'Europe, et partout comme en France a
été accueillie avec transport. Il y a plusieurs
choses à répondre à cela. Ce succès général peut
avoir des causes particulières tout-à-fait indépen-
dantes du mérite de l'ouvrage.

Tous les peuples du globe sont aujourd'hui dé-
vorés d'une soif de liberté qui leur fait chercher
et saisir avec avidité jusqu'aux prétextes les plus
futiles de manifester leur haine du joug qui leur
pèse ou qui les opprime. Est-il étonnant que ce
sujet ait trouvé des sympathies? Dites qu'il eût
été étonnant, au contraire, qu'il n'en trouvât
pas. Mais allez demander aux Italiens et aux Allemands ce qu'ils ont applaudi dans la pièce, de
la partie politique, féconde en allusions, ou de
la pâle et anti-musicale intrigue que l'auteur y a
cousue.

Au reste, existât-il même dans l'ouvrage d'autres causes de son succès général que celles que
j'indique, quels sont les suffrages que doit am-
bitionner l'auteur dramatique? Ceux des masses

peu éclairées, faciles à impressionner et à égarer,
ou ceux des hommes de goût, des connaisseurs
enfin, seuls juges compétens? Répondez.

Il existe assurément d'autres causes de ce succès général; le ciel me préserve de les mécon-
naître! une collection d'airs pleins d'agrément
et de fraîcheur, qui sont devenus populaires, et,
à tout prendre, un spectacle qui occupe l'attention. Quant à toucher le cœur, c'est une autre
question : mon objet est de prouver que c'est là
précisément la qualité qui lui manque.

Conçoit-on en effet que dans un sujet où il
s'agit d'une véritable révolution populaire, il soit
possible de trouver des larmes à répandre sur le
sort d'une malheureuse fille qui, après avoir
perdu la parole, on ne sait ni pourquoi ni comment, et s'être laissé séduire, a eu le chagrin
fort commun, et de tout temps réservé aux filles
de son espèce, de voir son séducteur faire une
fin et se marier à son nez avec une autre qu'elle?
puis, quand tout se découvre (car Fenella, toute
muette qu'elle est, n'est pas femme à se taire,
du moins à se tenir tranquille et à prendre bra-
vement son parti), figurez-vous la position, la
contenance des deux nouveaux époux vis-à-vis
l'un de l'autre : faites donc chanter un duo passionné à ces deux tendres personnages : « J'en

apprends de belles sur votre compte, dira madame, si j'avais su cela!... » Et monsieur, que
répondra-t-il? Je crois que ce qu'il pourrait faire
de mieux serait de lever les yeux au ciel, de
baisser la tête avec un gros soupir et de se taire.
Comme tout cela est lyrique et engageant pour le
compositeur !

Il faut que cette idée de faire jouer à la pantomime et à la danse un rôle dans ses opéras,
ait grandement souri à l'auteur : prenant au pied
de la lettre apparemment cette définition de l'o-
péra qui, en style de feuilleton, doit être l'heureuse alliance de la poésie, de la danse et de la
musique, il en a continué l'application depuis
dans *le Dieu et la Bayadère*, et surtout dans
Gustave, où nous voyons la répétition d'une
pantomime au premier acte, et dont le cinquième
est tout entier un bal masqué. Certes, il aurait
mauvaise grâce à chanter : *La danse n'est pas ce
que j'aime ;* on l'accuse même d'avoir écrit des
programmes de ballets. Au reste, l'administration de l'Académie royale de Musique brochant
sur le tout, prouve qu'elle sympathise avec ces
vues de progrès de l'art lyrique : depuis quelque
temps, des cinq actes de l'opéra historique de
Gustave, elle ne nous donne plus que le dernier,
celui du bal masqué. C'est, on en conviendra,

un procédé des plus honnêtes pour le compositeur et des plus flatteurs pour le reste de l'ouvrage.

Nous avons tous tant que nous sommes une certaine dose d'idées dans la tête, qui toutes ont entre elles plus ou moins d'analogie ensemble. On dirait un cercle tracé autour de nous et dont il nous est quelquefois comme impossible de sortir. Ceci explique la ressemblance assez frappante qui existe entre l'intrigue de *la Muette* et celle de *la Juive*. Mêmes combinaisons, mêmes nœuds, on pourrait presque dire, mêmes situations. Rachel c'est Fenella : même histoire, même fin ; et Léopold, marié comme Alphonse, joue comme celui-ci devant sa femme et la malheureuse qu'il a trompée indignement, un rôle tout aussi distingué, tout aussi lyrique, tout aussi musical.

Tout chemin mène à Rome, dit-on ; voyons aussi comment le même fonds d'idées peut conduire deux auteurs différens au même résultat, mais par des chemins à cent lieues l'un de l'autre.

Une jeune fille, ange de pudeur et de vertu, adore un jeune homme dont elle est adorée. Heureuse et fière de son amour qui *a reçu*, dit-elle, *l'aveu de son père*, et qu'elle est à la veille de voir couronner par son union avec celui qui en

est l'objet, elle s'en pare aux yeux de ses jeunes
compagnes. Un faux ami du jeune homme, un
traître, un misérable, jaloux de son bonheur et
irrité des dédains de la jeune fille, ourdit une
trame odieuse pour la perdre. Il commence par
corrompre sa femme de chambre, qui convient
de prendre les habits et de paraître le soir au
balcon de sa maîtresse à un signal convenu ; puis
il va chercher le jeune homme et l'amène, suivi
de nombreux amis ou acolytes, pour le rendre
témoin de l'infidélité de celle dont il veut faire
son épouse. On se tient à l'écart. Au bout de
quelques instans, le rival supposé du jeune
homme vient, une mandoline à la main, chanter
un couplet de romance, signal en question, sous
la fenêtre de la jeune fille. Cette fenêtre s'ouvre,
la jeune fille paraît elle-même sur le balcon, y
attache une échelle de soie qu'elle déroule ; l'inconnu monte lestement, entre dans la chambre
de la jeune fille, disparaît avec elle, et la fenêtre
se referme. Pendant ce temps, que fait le jeune
homme ? La rage dans le cœur, vingt fois il a été
sur le point de s'élancer sur l'audacieux séducteur pour le terrasser : mais retenu, emprisonné
dans les étreintes intéressées du scélérat qui
triomphe du succès de son horrible intrigue, il
se borne pour l'instant à exhaler sa douleur, son

désespoir, en menaces contre l'infâme qui le trahissait, car il lui est impossible de douter de son malheur : si la nuit ne lui a pas permis de distinguer les traits de sa maîtresse, son costume, le lieu de la scène ne lui permettent pas non plus d'hésiter à la croire coupable. D'ailleurs, quel intérêt pourrait-on avoir à le tromper? Il n'a aucune raison de se méfier de son ami, et comment l'idée d'une telle machination pourrait-elle s'offrir à lui? Enfin,

> L'amour est prompt à s'alarmer :
> Il a pour sœur la jalousie.

Cette situation dramatique, fortement contrastée, fournit par cela même une situation musicale pleine d'intérêt qui sert de finale au premier acte.

Cependant la nuit s'est écoulée; le lendemain tout se prépare pour l'union des deux amans. Le temple s'ouvre à la foule qui accourt. La jeune fille, timide, tremblante, mais le cœur ivre d'espoir et d'amour, entre conduite par son père qui, le front rayonnant de bonheur, semble la présenter avec orgueil comme un modèle de grâces et de pureté. Il s'approche avec elle de l'autel où l'encens brûle déjà et où le prêtre at-

tend les jeunes époux. Le jeune homme, pâle,
défait, mais dont le regard sombre indique assez
la situation pénible, s'approche à son tour. Le
prêtre lui demande, selon l'usage, s'il consent à
prendre la jeune fille pour son épouse : « Non, »
répond-il d'une voix forte et accentuée par la
colère. A ce mot terrible, à ce coup de foudre
inattendu, inexplicable, incompréhensible, la
jeune fille tombe évanouie ; le noble vieillard,
son père, qui ne voit que le déshonneur dont ses
cheveux blancs vont être couverts, arme sa
main débile d'un fer impuissant : effroi, confusion, désespoir, fureur, etc., etc., etc.

Telle est la situation dans *Montano et Stéphanie*.

Une jeune fille aime un jeune homme, qui,
de son côté, l'ayant vue une seule fois, s'est également laissé prendre pour elle d'une passion
subite et réelle, sans savoir qui elle est, ni même
quel est son nom. Comme ce n'est pas lui qu'on
destine pour époux à la jeune fille, la jeune fille
entrevoit que son amour, *qui n'a pas reçu l'a-
veu de son père*, éprouvera quelque contrariété.
Alors, elle ne fait ni une ni deux, elle s'en va
tout bonnement trouver son prétendu pour le
prier sans façon de renoncer à elle. En galant et
courtois chevalier, celui-ci, qui sait sans doute

ce qu'il peut en coûter d'épouser une fille malgré elle, n'a rien de plus pressé que d'accéder à
son désir. Sa galanterie toutefois ne l'empêche
pas, dès que la demoiselle a le dos tourné, de
faire, à part lui, quelques réflexions sur l'inconvenance d'une telle démarche, qu'il veut bien
ne qualifier que d'*étrange*, et qui est fort étrange
en effet de la part d'une jeune fille. Mais en voici
bien d'une autre. Le jeune homme que la jeune
fille aime, et qui aime la jeune fille, se trouvant
par hasard chez le susdit prétendu au moment
où elle fait demander à celui-ci un entretien secret, s'avise de regarder par le trou de la ser
rure pour voir ce qui se passe dans l'apparte
ment voisin. A part l'inconvenance de ce second
moyen (car le jeune homme est-il bien assez lié
avec le chevalier chez qui il est pour se permettre une pareille indiscrétion?), on conçoit à la rigueur qu'en voyant la jeune fille qu'il aime et
qu'il reconnaît, seule, en tête-à-tête avec un
homme, son amour pour elle se refroidisse :
nous l'avons dit tout à l'heure,

> L'amour est prompt à s'alarmer :
> Il a pour sœur la jalousie.

Aussi s'empresse-t-il d'accepter à son tour un

rendez-vous mystérieux que lui demande une
dame inconnue, dans un billet doux qu'elle lui
fait remettre par un page. Il court à ce rendez-
vous, on peut dire aveuglément, puisqu'il y va
les yeux bandés, se croyant déjà en bonne fortune. Mais il ne s'agit rien moins que de cela. La
belle dame qui lui a envoyé le poulet, après
s'être amusée quelques instans de son erreur,
dissipe d'un seul mot toutes les folles illusions
qu'avait enfantées déjà sa folle cervelle. Elle ne
fait pas l'amour, elle fait, à l'instar de telle ou
telle autre dame dont nous voyons chaque jour
le nom dans les petites affiches, elle fait tout pro-
saïquement des mariages. Elle a une femme à
lui proposer qui réunit (cela va sans dire) toutes
les qualités qui font le bonheur en ménage. Faute
de mieux, le jeune homme accepte. C'est quand
tout est convenu et réglé que l'on songe à lui
montrer sa future. Elle arrive, conduite aussi
par son père, *timide et tremblante* aussi, sans
doute, car cela ne doit pas être autrement, malgré la démarche en question chez son premier
prétendu, démarche qui nous a donné la mesure
de sa timidité. Surprise du jeune homme, second prétendu, qui reconnaît en elle celle qu'il
aimait, qu'il aime encore peut-être, mais qui,
malgré son amour, ne peut chasser le souvenir

du funeste tête-à-tête où il l'a surprise avec le premier prétendu. Ce tête-à-tête le chiffonne à tel point, qu'il refuse net la main de la jeune personne et rompt avec éclat le mariage emmanché par la grande dame : « Moi, son époux?... jamais ! » A ce refus humiliant, désespoir de la jeune fille, fureur du père, provocation, etc., etc.

Telle est la situation dans *les Huguenots.*

Je vous ai montré la marche simple, claire, vraisemblable, naturelle, qu'a judicieusement adoptée pour y arriver le poëte lyrique ; la route poétique, musicale, qu'a judicieusement suivie le véritable et consciencieux librettiste ; je vous ai montré ensuite l'allure assez *étrange* et le détour, qu'obéissant à sa véritable vocation sans doute, a choisis et a dû choisir l'auteur des plus jolis et des plus spirituels vaudevilles, joués à Paris depuis vingt ans : comparez et jugez.

Mais, dira-t-on peut-être, c'est aussi le procès à la pièce, comme pièce, que vous faites ici. — Le procès à la pièce? Il s'agit bien ici de votre pièce, ma foi? Croyez-vous par hasard que l'intérêt qu'elle m'inspire ait une autre source que celui qu'y peut trouver la musique? Si l'auteur avait fait de son sujet un drame ou un vaudeville, pousseriez-vous la bonhomie jusqu'à ce point de supposer que j'aurais été le déterrer aux Français, au théâtre de la Porte-Saint-Martin ou aux Variétés pour m'en occuper? Quelque soit le peu d'importance de ce à quoi je passe mon temps, veuillez être bien persuadé que j'en saurais trouver un emploi plus utile.

Non certes, ce n'est point le procès que je fais à la pièce comme pièce ; c'est encore bien moins le plus ou moins de ressemblance qu'elle peut offrir, quant au fonds, quant au nœud surtout, avec celle de Dejaure que je lui reproche. Plût au ciel que cette ressemblance fût plus frappante encore! Plût au ciel enfin, que non-seulement le but, mais le chemin pour y arriver fussent absolument les mêmes? Loin de critiquer, j'applaudirais.

Des centaines de poëtes ont remanié successivement après Métastase (et ils ont bien fait) les sujets de ses poëmes, sur lesquels des centaines de compositeurs s'étaient exercés de son vivant.

Ce n'est pas tout : dans *Montano*, tout finit naturellement par se découvrir et s'expliquer. Le traître est puni de la main même de *Montano*, qui épouse Stéphanie dont l'innocence est reconnue, et la vertu triomphe.

Dans *les Huguenots*, au refus de Raoul, Nevers, premier prétendu de Valentine, l'épouse,

malgré sa démarche auprès de lui; démarche,
comme on s'en souvient, qu'il avait traitée avec
assez d'indulgence. Ce mariage devrait, ce semble, confirmer Raoul dans ses doutes sur l'ingé-
nuité de la jeune personne et le consoler. Eh
bien, c'est précisément quand tout est fini, qu'ac-
ceptant pour argent comptant quelques éclair-
cissemens qu'on lui donne sur cette malheureuse
démarche *si étrangement étrange*, il se ravise!
Il est, ma foi, bien temps! Alors, voyez l'esprit de contradiction : au risque de perdre Valentine de réputation, il pénètre jusqu'à elle pour
surprendre d'abord le secret des catholiques ;
puis, pour chanter avec elle, au lieu de courir
sur-le-champ révéler à ses frères l'infâme complot dont ils vont être victimes, et chanter quoi?
Un duo d'amour! un duo d'amour avec elle qu'il
sait être l'épouse d'un autre depuis quelques
heures! un duo d'amour avec lui, quand elle
sort du temple où elle vient de jurer fidélité à un
autre! Encore des amours adultères! nous n'en
sortirons pas.

Il faut tuer ceux que l'on pille, disait Voltaire; j'ajouterai, *et ceux que l'on imite, même
sans le savoir* : car on ne me supposera pas,
j'espère, l'intention de faire croire à un plagiat
de la part de l'auteur des *Huguenots*. Si le ré-

sultat, quant à la situation dont j'ai parlé, est
le même que dans *Montano et Stéphanie*, les
moyens, à coup sûr, ne se ressemblent guère.
Autant vaudrait d'ailleurs nier la clarté du so-
leil, que la fécondité et le talent dramatique du
créateur du Gymnase : ce talent perce par tous
les pores des ouvrages même que j'attaque. La
question n'est donc pas là, et je ne crois pas
avoir jamais donné à personne le droit de la dé-
placer : je veux prouver seulement que le genre
de mérite qui règne dans ces ouvrages n'est pas
celui qui convient au vrai drame lyrique. Si ma
critique ne s'attache qu'à ceux d'un seul auteur,
la faute en est à l'administration de l'Opéra, qui
n'en monte pas d'autres. Je reviens au conseil de
Voltaire, et je dis que l'auteur des *Huguenots*
aurait bien fait de le suivre; car si une chose est
pour moi démontrée, évidente, certaine, infail-
lible, c'est que les *Huguenots* et autres productions de même calibre auront vécu et seront ou-
bliés depuis des siècles, alors que l'œuvre de
Dejaure et de Berton brillera encore de l'éternel
éclat assuré à tout ce qui porte le cachet du beau,
pris dans la nature. Oui, s'il le fallait, je le crie-
rais sur les toits à nos légers et ingrats Parisiens,
à qui la mode ou le caprice du jour font dédai-
gner le lendemain ce qu'ils ont applaudi la veille :

pour l'époque où *Montano* vit le jour parmi eux,
ce chef-d'œuvre d'expression valait dans son
genre ce que valut plus tard *la Vestale*, et ce
que vaut aujourd'hui *Otello*. Tant il est vrai
qu'il n'y a de réellement beau dans les arts, en
matière de sentiment, que tout ce qui tire ses
effets de l'imitation fidèle de cette bonne et simple nature.

On ne me fera pas prendre des vessies pour
des lanternes. On aura beau gonfler un sujet de
choses qui lui seront étrangères pour lui faire
atteindre la dimension des cinq actes adoptée
aujourd'hui ; dimension plus *actuelle* peut-être,
plus lucrative surtout, mais tout simplement
renouvelée, non pas des Grecs ni des Romains,
mais de Quinault, Lamotte, Roy, Gentil Bernard
et autres ; on aura beau le noyer au milieu d'un
déluge d'incidens, de détails historiques de
toute espèce, l'art de la mise en scène, qui fait
avaler et passer tant de pièces indigestes, pourra
rendre amusante la représentation de celle-ci
pour la foule ; mais cet art, quelque loin qu'il
soit poussé chez nous, ne peut faire qu'une situation sur laquelle l'auteur a la prétention de fixer
mon attention, me paraisse intéressante, poétique, lyrique, si son point de départ est prosaïque et sans vraisemblance. Avec ses simples

et pauvres moyens ; Dejaure offrait même relativement des ressources bien autrement musicales
à son collaborateur. Tous vos pif, vos paf, vos
pouf, vos plans et rataplans, vos chorals, vos
litanies catholiques, vos bohémiennes, vos bai-
gneuses, vos commères et vos clercs de la ba-
zoche, etc., etc., etc., ne valent pas pour moi
une phrase de *Montano*.

Mais l'ouvrage qui, sans contredit, comme
poëme, puisque *poëme* il faut dire, a réuni le
plus de suffrages à son apparition, c'est cet
opéra de *Gustave*, dit *historique*, dont nous
avons parlé déjà plus haut. C'était un concert
d'éloges universels et sans mélanges, non-seulement dans le monde et dans les journaux, mais
même parmi les artistes. C'en était attendrissant,
d'honneur !

Examinons un peu cependant.

Un roi, objet de la haine de quelques grands
de sa cour, a un serviteur, un ami sincère et
dévoué qui veille sans cesse autour de lui. Ce
serviteur, cet ami a une femme pour qui le roi
se sent un caprice et qu'il cherche à séduire,
voulant sans doute reconnaître par là le dévouement du mari à sa personne. De son côté, cette
femme, se sentant au fond du cœur certaine
velléité de répondre à l'amour du roi, s'en ef-

fraie. Une prétendue sorcière, à qui elle va faire
part de ses scrupules, l'envoie cueillir je ne sais
quelles herbes, qui doivent la guérir de son
commencement de passion, au lieu où l'on sup-
plicie les criminels, au Montfaucon de Stockholm.
Le roi l'y suit en cachette : surprise, trouble,
tendres aveux, tendre délire, etc., etc., etc.
Enfin, je ne sais où tout cela pourrait conduire
les deux amans, si le mari ne venait pas inter-
rompre leur doux tête-à-tête. Embarras, fuite du
roi dont les conspirateurs ont suivi la trace ; découverte, confusion et fureur du mari, qui se
venge de son affront imaginaire en assassinant le
roi. Telle est la donnée historique.... suivant
l'auteur. Historique ! historique ! tant que vous
voudrez : la chose d'ailleurs ne m'intéresse pas
assez pour m'engager à y aller voir, mais je veux
que le ciel me confonde si elle est..... Conti-
nuons.

La partie amoureuse d'une intrigue d'opéra est
ordinairement celle qui présente le plus de ressource au musicien. Ici encore, comme dans *la
Muette*, c'est tout le contraire. A dater du moment où il n'est plus question d'amour, mais de
vengeance, l'expression, d'incertaine, de vague
qu'elle était, devient claire et précise. Pourquoi?
parce que, comme il serait impossible à l'esprit

le plus subtil de concevoir en musique deux manières de se passionner, deux manières de rire
ou de pleurer, et par conséquent deux manières
de se faire l'amour, rien n'est plus froid sur la
scène lyrique qu'un sentiment dont l'auteur
n'ose et ne peut même présenter qu'avec circon-
spection les développemens au spectateur. C'est
ce que l'auteur aujourd'hui devrait savoir mieux
que personne ; mieux que moi surtout, pauvre et
chétif *librettier* ou *librettiste*, comme on voudra,
gobe-mouche en dilettantisme, qui ne vis que
d'enthousiasme ; qui ne travaille et ne puis travailler que d'instinct, ignorant comme je le suis
dans l'art de fabriquer une pièce ; mieux que moi,
enfin, qui ne suis rien, pas même....

Voulez-vous arriver à l'expression ? soyez
franchement pathétique ou franchement comique ; autrement vous forcez votre collaborateur,
en lui ôtant les moyens d'être l'un ou l'autre, à
se rejeter dans ce qu'on appelle le genre *vif*, *léger*, *spirituel ;* genre qu'un compositeur, qui se
sent quelque chaleur dans l'ame, devrait avoir
en horreur, car il ne devrait pas oublier qu'en
musique, esprit et sécheresse ont beaucoup d'a-
nalogie ensemble.

Un amour comme celui de Gustave, pour la
femme de son meilleur ami, et celui de cette

mère de famille pour le roi, s'il est vraisemblable, n'est point poétique, lyrique, musical,
trois qualités qui, dans mon esprit, se confondent entre elles. Il aurait pu fournir le sujet d'un
drame pour un théâtre comme celui de la Porte-
Saint-Martin par exemple : là, l'auteur aurait pu
faire de l'histoire tout à son aise s'il tenait tant à
en faire. Je dis plus, c'est que la représentation
de la pièce qui est bien faite, qui n'est même
que trop bien faite, serait plus intéressante à
voir telle qu'elle est et sans musique qu'avec la
musique, et c'est là son plus grand crime, selon
moi, comme libretto.

Si un art a besoin de sentimens purs à exprimer, n'est-ce pas la musique, cet art sublime,
divin, puisque dans l'origine il était uniquement
réservé au culte de la divinité, et puisque les
poëtes eux-mêmes le font émaner du ciel? C'est
pourtant ce que celui dont je parle n'oublie que
trop souvent. Trop préoccupé de sa pièce, il oublie que, si l'amour est une passion éminemment
lyrique, ce n'est qu'autant qu'il est excusable.
Quoi qu'on fasse, la musique ne pourra jamais
s'accommoder, chez aucun peuple du monde civi-
lisé, de ces amours adultères, sans issue raisonnable possible, tant reprochés, en France
même, aux drames du boulevard. Certes, je ne

suis pas plus prude qu'un autre; mais j'aurais
refusé, moi compositeur, de mettre en musique
un ouvrage comme Gustave. Comment prêter à
un personnage tel que Gustave, tel surtout que
cette bonne femme qui aime ses enfans, et qui,
par conséquent, doit aimer son brave et digne
mari, s'il est vrai, comme le fait dire lui-même
l'auteur à madame Pinchon,

> Qu'on aim' toujours le pèr' de ses enfans,

comment leur prêter, dis-je, ces accens passionnés qui doivent être le partage de tout héros
d'opéra, si l'on veut qu'il soit dans les vraies
conditions du genre et de l'art? Gluck lui-même
y aurait renoncé, et Beethoven, le pur, l'irré-
prochable, le vertueux chantre de *Fidelio* ou
l'Amour conjugal, après avoir jeté les yeux sur
la pièce, aurait tourné le dos à l'auteur.

Ce que je dis de *Gustave*, je pourrais le dire
de *la Juive* et de *la Muette* : le séducteur de
Rachel et celui de *Fenella* sont de plats et anti-
lyriques personnages.

Mais tenez-vous absolument à nous présenter
des amours adultères sur la scène lyrique? Je ne
connais qu'un moyen de les rendre supportables,
c'est de les rendre dramatiques : armez la main

de vos héros du poignard d'Egisthe et de Cly-
temnestre.

Et voilà ce que·l'on prétend substituer aux
Grecs et aux Romains? Voilà cet opéra, dit de
genre, que l'on veut nous faire préférer à l'ancien opéra sérieux, à la vieille tragédie lyrique,
dite, en style de broyeur d'atelier, genre rococo?
C'est donc là enfin cette *actualité*, cette pierre
philosophale qui a fait la gloire et la fortune de
ceux à qui l'on en doit la découverte! Ne serait-
ce pas le cas de répondre à cette exclamation de
Berchoux, tant de fois répétée :

Qui nous délivrera des Grecs et des Romains!

par celle-ci :

Qui nous délivrera de l'actualité!

Je suis loin toutefois d'être aussi absolu, aussi
exclusif dans mon opinion que les aveugles prô-
neurs de ce système dans la leur.

Ainsi, que l'on couronne le front de l'immor-
telle et poétique colonne autour de laquelle se
déroule en spirale toute l'histoire de la grande
armée, par la statue de Napoléon en capote et
en tricorne, je le conçois, je l'approuve. D'abord

il y a analogie entre le costume du héros et celui
de ses braves, et, pour mon compte, j'aurais
regretté peut-être qu'aujourd'hui que l'homme
n'est plus, des préjugés d'artistes, d'étroites
considérations de style architectural, eussent
engagé le pouvoir à nous rendre, au lieu de
l'Empereur des Français, un empereur romain.
Mais l'eût-on représenté en veste et en bonnet
de coton, si le peuple l'avait pu reconnaître et
dire : « Oui, c'est bien là l'Empereur : vive
l'Empereur ! » je soutiens que le nuage de poésie
qui entoure l'homme de génie eût dissimulé aux
yeux de tous la trivialité de son costume.

Que la peinture nous offre un des épisodes
les plus hideux de notre grande révolution, l'assassinat du député Féraud ; que, pour plus de
vérité, elle sème à pleines mains, dans chaque
recoin du tableau, l'ignoble, non pas drapé et
chaussé à la grecque ou à la romaine, mais en
culotte déchirée et en bas troués, tel enfin que
nous pouvons le voir tous les jours à toutes les
barrières de Paris ; le sublime de l'action du
courageux Boissy-d'Anglas saluant avec respect
et douleur, au milieu des menaces, des voci-
férations et des poignards dirigés contre lui, la
tête sanglante de son infortuné collègue, fera
tout excuser et tout pardonner à l'artiste.

Qu'un poëte, dans un drame énergique, nous fasse sympathiser avec les chagrins d'un jeune homme ardent, plein de talent et de génie, mais que le malheur de sa naissance exclût en quelque sorte de la société; que m'importe que son habit et son chapeau soient de tous points conformes à mon ridicule habit à basques et à mon prosaïque chapeau rond, si ses sentimens sont nobles et relevés? Non que j'approuve l'adultère et l'assassinat, mais l'idée qui a guidé l'auteur dans la conception de son personnage, luttant contre un préjugé injuste (qui, soit dit en passant, tend à s'effacer chaque jour), me semble noble et grande, et cela me suffit; et quelque soit l'opinion littéraire que l'on professe, classique ou romantique, on ne peut nier qu'Antony, individualité tout exceptionnelle fort heureusement, mais à laquelle néanmoins les singes n'ont pas manqué, ne soit en définitive une création toute poétique.

Si c'était là comme on entendît l'actualité dans les arts, actualité de costume qui n'est nullement en désaccord avec la poésie des sentimens, je pourrais aussi, oui, je pourrais être partisan de l'actualité. Mais que, sous le costume des quinzième, dix-septième et dix-huitième siècles, on vienne me peindre des mœurs qu'en sortant

de chez moi je puis retrouver, s'il m'en prend
la singulière fantaisie, dans le premier bastringue
qui se présentera sur mon chemin, et cela, je le
répète, sur la première scène lyrique du monde,
et que l'on appelle cela de l'actualité, je me crois
autorisé à répondre que l'on se trompe de théâtre ; que cette actualité-là serait peut-être de
mise aux Variétés (car je n'ose même pas dire
au Gymnase), mais qu'elle est intolérable à
l'Académie royale de Musique.

Je doute néanmoins que l'actualité de costume, *même quand elle s'allie à la poésie des
sentimens,* puisse jamais, dans aucun cas et sous
aucun rapport, convenir plus que cette dernière
à la vaste scène de ce magnifique théâtre. Le
drame lyrique d'expression a des exigences, des
nécessités qui lui sont particulières, et qui ne
permettent pas de le confondre, quant à la question de genre du moins, avec le drame parlé.
La question d'actualité de costume, et par conséquent de temps et de mœurs dont nous parlons ici, ayant avec cette question de genre, dont
nous parlerons plus loin, des liens de commu-
nauté qui les rendent inséparables, nous prie-
rons le lecteur de se contenter pour l'instant de
ce peu de mots qu'en dit madame de Staël dans
son ouvrage de *l'Allemagne,* à la suite de son

analyse du drame de *Werner,* intitulé *le Vingt-
quatre février :*

« Transporter la destinée funeste de la famille
» des Atrides chez des hommes du peuple, c'est
» trop rapprocher des spectateurs le tableau
» des crimes. L'éclat du rang et la distance des
» siècles donnent à la scélératesse elle-même un
» genre de grandeur qui s'accorde mieux avec
» l'idéal des arts ; mais quand vous voyez le cou-
» teau au lieu du poignard ; quand le site, les
» mœurs, les personnages peuvent se rencon-
» trer sous vos yeux, vous avez peur comme
» dans une chambre noire ; mais ce n'est pas là
» le noble effroi qu'une tragédie doit causer [1]. »

Madame de Staël, à propos d'une pièce *dont
on admire bien plus la couleur poétique et la
gradation des motifs tirés des passions que le
sujet sur lequel elle est fondée* [2], tranche la
question d'actualité de costume, de temps et de
mœurs dans le drame parlé, et la résout en faveur du genre que l'on nomme en littérature
genre classique, à qui cette actualité est antipathique ; on verra plus tard sur quoi je fonde
les raisons qui, me forçant à croire que le drame

[1] *De l'Allemagne,* t. II.
[2] *Ibid.*

3

lyrique d'expression ne peut appartenir qu'au
genre sérieux, lequel genre en musique répond
au genre classique en littérature, me font douter
que cette même actualité puisse jamais, *dans
aucun cas et sous aucun rapport,* convenir plus
que l'autre à la scène de l'Académie royale de
Musique.

Cette manie de tout ramener au positif, au
prosaïsme des choses, de tout matérialiser enfin,
aurait bien dû respecter au moins la scène lyrique, l'art musical surtout, de tous les arts le
plus poétique, par la raison sans doute qu'il en
est le moins positif : en ce sens que c'est celui
de tous qui laisse après lui les impressions les
plus fugitives. Faut-il que ce soit précisément
celui qui relativement en ait le plus souffert !

La vie, telle que nous l'ont faite depuis quarante ans et telle que veulent nous la faire nos
rêveurs de perfectibilité sociale, est-elle donc
déjà si pleine de poésie, que l'on se soit cru
obligé de s'imposer la triste et flétrissante mission de la désenchanter jusque sur la scène de
l'Opéra, ce pays des illusions, seul et dernier
asile qui leur reste !

Hélas ! si, comme l'a dit une voix éloquente,
les Dieux et les rois s'en vont, et si l'on prend à
tâche de nous arracher un à un ces rêves de

bonheur et d'amour qui (selon l'heureuse comparaison qu'on en a faite je crois), semblables à
ces feux subtils et trompeurs que le voyageur
rencontre la nuit dans la campagne, et vers lesquels il dirige ses pas sans pouvoir jamais les atteindre jusqu'au précipice où il disparaît avec
eux, nous aident à traverser cette vallée de larmes, et d'espérance en espérance nous mènent
au tombeau, terme obligé du voyage, comment
s'étonner de ce découragement funeste, de cette
épidémie morale qui décime aujourd'hui la géné·
ration appelée à nous succéder? — Si l'existence
est telle qu'on nous la dépeint, pourraient répondre les insensés à qui l'on oserait reprocher
leur faiblesse, nous n'en voulons pas connaître
davantage! — Et croyez-le bien, ce ne sont
point des plaisanteries sur le mal lui-même,
quelque étincelantes d'esprit, de finesse et de
grâce qu'elles soient, qui détruiront le mal qu'ont
fait des plaisanteries.

N'avons-nous pas déjà, bon Dieu! tous tant
que nous sommes, petits ou grands, riches ou
pauvres, assez de penchant à la vulgariser, cette
vie de nos cités, si vulgaire déjà? cette vie, que
notre civilisation de plâtre et de moëllons qui
abat nos hôtels, rase nos jardins, pour nous
construire des lapinières, a rempli de tant d'o-

bligations, de devoirs, de besoins, de gênes, d'entraves puérils, de misères importantes, et qu'elle finira, si on la laisse faire, par tirer au cordeau comme nos rues boueuses?

Voyez nos poëtes courant après les huissiers pour les lancer contre les libraires et les directeurs de théâtres : je ne dis pas que le temps où les huissiers couraient après les poëtes valût mieux pour ces derniers, et qu'il serait à souhaiter que ce temps-là revînt; mais je dis qu'aujourd'hui les artistes en général, et par conséquent les poëtes, songent malheureusement plus à leur fortune qu'à leur gloire; je dis aussi que sur le grabat de misère et de douleur où mouraient, à l'hôpital, Camoëns, Malfilâtre et Gilbert, il y avait plus de véritable poésie que dans le cabriolet, voire même dans le carrosse de tel poëte ou artiste de nos jours.

Voyez l'auteur des *Méditations* et des *Harmonies*, cette créature que je m'étais composée immatérielle, cet homme participant de l'ange, que l'ambition d'être quelque chose de plus, et selon moi de moins qu'un poëte, détermine à venir se noyer au milieu de cet océan de tripotages qu'on nomme *la politique* : que n'est-il resté à Jérusalem, que n'y a-t-il fait élection de domicile lorsque les votes de ses maîtres de for-

ges ou de ses armateurs ont couru l'y chercher
pour le traîner à la chambre des Députés : je re-
lirais avec bien plus de plaisir encore ses *Harmonies* et ses *Méditations*.

L'auteur de *Notre-Dame de Paris* a raisonné
plus juste lorsqu'il est venu se réfugier au fond
de notre vieux et historique Marais, sous les ar-
cades gothiques et silencieuses de la Place-
Royale ; mais que diable veut-il aller faire à l'A-
cadémie française?

Le prêtre, dit avec raison M. de Montlosier,
le prêtre est un vase sacré qui ne doit point sortir du tabernacle.

Si cela est vrai, même du poëte qui exerce
aussi un sacerdoce, car la poésie est aussi une
religion, que dire de ce pontife, plus petit encore lorsque dans sa mauvaise humeur il s'en
prend au pouvoir nouveau de la destruction de
son hôtel, balayé d'un souffle populaire, que
quand il encensait le pouvoir déchu et lui pro-
mettait, à propos d'une victoire, d'autres victoi-
res plus faciles?

Au lieu de mêler ainsi les choses de la terre
aux choses du ciel, il ferait bien mieux, ce prêtre imprudent, d'obséder le conseil municipal
pour en obtenir l'isolement de nos temples, et
leur entourage de grilles qui les préservent enfin,

entre autres souillures, de ce placardage impur
et clandestin d'affiches annonçant le traitement
de maladies, toutes plus dégoûtantes les unes
que les autres ; profanation que la police, malgré
toute sa vigilance, n'a encore pu arriver à préve-
nir, et qui, depuis si long-temps, chez nous,
qui nous plaçons sans cérémonie à la tête des
peuples les plus civilisés de la terre, afflige les
amis du culte et des arts.

Le bon pasteur, qui élève la voix dans l'intérêt
du troupeau confié à sa sollicitude, anoblit les
soins les plus vulgaires. C'est alors qu'il ne doit
pas craindre d'être importun, de parler avec
énergie, de tonner s'il le faut pour se faire écouter. Loin de ravaler la dignité du sacré caractère
dont il est revêtu, ces soins, respectables dans
ses mains, donnent à ce caractère plus de dignité, plus d'éclat encore.

Aussi, que dans un mandement plein d'une
sainte indignation il fulmine contre une statue,
erreur d'un ministre qui aura voulu en décorer
Sainte-Geneviève, j'applaudirai son zèle : car le
seul symbole qui doive resplendir au front de nos
églises (et Sainte-Geneviève ne sera jamais et ne
pourra jamais être, quoi qu'on fasse et puisse
faire, qu'une église), c'est la croix ; non pas cette
croix, symbole amphibie de ce mélange absurde,

misérable, perfide, de la religion et de la politique, arrachée un jour avec raison de nos dômes
et de nos clochers qu'elle déshonorait, mais cette
croix que nous aurions dû y remonter dès le lendemain; cette croix, signe de rédemption, sur
laquelle a expiré le juste et pour laquelle mouraient les martyrs.

Le prêtre n'est jamais plus grand, plus beau,
plus poétique, que quand il se renferme dans sa
mission toute céleste.

Voyez ces pétitionnaires qu'emporte un enthousiasme peu réfléchi : que demandent-ils à la
chambre des Députés? que les cendres de Napoléon soient rapportées en France.

Voyez ces orateurs appuyant ce vœu indiscret
de leur éloquence banale.

Moi aussi, j'admire l'homme et j'en révère la
mémoire : moi aussi, quoique jeune encore, je
puis m'enorgueillir d'avoir servi dans les rangs
de ses bataillons et dire tout aussi bien qu'un
autre : *quorum pars fui.* J'ai donc le droit de
les interroger, ces pétitionnaires et ces orateurs,
pour savoir comment ils entendent mettre leur
projet à exécution, et si, avant tout, ils se sont
bien rendu compte de ce qu'ils veulent faire.

En admettant que, par impossible, la Chambre
un jour fît *droit* à leur demande, je suppose que

les mesures qui seraient prises pour son accom-
plissement, seraient en tout dignes de la grandeur de leur objet. Ainsi, une députation nom-
breuse, immense, choisie par le sort ou autrement dans tous les corps de l'État, se rendrait à
Sainte-Hélène, et y recevrait le cercueil, à qui
tous les honneurs convenables seraient rendus
par le gouvernement anglais, d'accord avec le
nôtre; puis, après une traversée heureuse, vien-
drait débarquer au Hâvre ou plutôt à Cher-
bourg. Là, sans doute, commencerait cette série
interminable de fêtes, de pompes funéraires, de
détonnations d'artillerie, de harangues de toute
espèce; là commenceraient ces processions innombrables de gardes nationales et de corps mi-
litaires qui, débouchant de toutes les parties de
la France, des plus humbles hameaux comme
des plus riches cités, sillonneraient en tous sens
nos routes et nos campagnes pour venir grossir
les rangs de la députation ou former la haie sur
son passage, depuis le point de débarquement
jusqu'au point de destination : car je n'ose même
supposer un seul instant que, fatigués d'un
double trajet si long, si pénible, et pressés avant
tout de regagner leurs pénates, les membres de
la députation (que l'on aurait peine à ne compo-
ser uniquement que de jeunes gens), prissent

d'un commun accord le parti beaucoup plus
simple et plus expéditif d'emballer leur précieux
dépôt dans quelque voiture fermée, et de le faire
voyager avec eux, en poste et à la sourdine, vers
la capitale : ce qui rappellerait assez le procédé
plein de convenance dont usa ce conseil de ré-
gence liégeois à l'égard du cœur de Grétry qu'il
disputait à la famille de ce musicien célèbre, et
qui, lorsque le tribunal le lui eut adjugé, se le
fit tout bonnement expédier de Paris par les
Messageries Royales!

Voilà donc la dépouille mortelle de l'empereur,
de Napoléon, de l'homme qui fut plus qu'un
homme, arrivée à Paris! « Vous voilà satisfaits,
dirai-je aux pétitionnaires et aux orateurs en
question; mais qu'allez-vous en faire maintenant?
Où allez-vous la placer? — Sous la colonne de
la place Vendôme. — Fort bien, mais alors on
n'y passera plus, j'espère, sur la place? ou si l'on
y passe encore, vous élargirez tellement la grille
du monument, que les piétons seuls pourront
circuler autour? »

Mais je veux que, par des considérations d'intérêt public et d'intérêt privé surtout, les voi-
tures de toute espèce (les charrettes même) con-
tinuent à passer sur la place, et que leur perpé-
tuel roulement, faisant vibrer la colonne jusque

dans ses fondemens, aille troubler dans ce nouveau champ de repos le repos des mânes de celui
à qui vous aurez cru donner une sépulture plus
convenable que celle qu'à Sainte-Hélène il avait
choisie lui-même : au moins en confierez-vous la
garde à un poste d'honneur quelconque, à deux
factionnaires pris dans les rangs, l'un de l'armée,
l'autre de la garde nationale? à un seul même,
si vous voulez? Ce factionnaire, je pense, devra
avoir pour consigne d'inviter les passans à se découvrir, et le promeneur indifférent qui, en se
rendant du boulevard de Gand aux Tuileries,
arrêtera ses pas nonchalans à la grille du monument, à mettre son cigarette dans sa poche.
Alors je ne désespère pas de voir un jour Jean-
Jean venir faire son heure de faction et courti-
ser Françoise, à deux pas de celui qui, de son
vivant, faisait trembler tous les souverains de
l'Europe, et que ses maréchaux les plus intré-
pides n'abordaient jamais sans embarras.

C'est une belle et grande idée toutefois (l'empereur ne l'eût-il pas suggérée lui-même dans
ses Mémoires) que celle de déposer ses cendres
sous la colonne : assurément, jamais mausolée
plus sublime n'eût reçu plus sublime destination. Mais il en est de cette idée comme de celle
d'un Panthéon consacré *aux grands hommes*

par la patrie reconnaissante : il faut sans cesse
et avec ardeur souhaiter de les voir réaliser, et
sans cesse en reculer la réalisation [1].

Les choses, pour plus d'illusion, veulent être
aperçues de loin.

Avez-vous vu le tombeau de Napoléon à Sainte-
Hélène par Daguerre? Faites la part de l'imagination de l'artiste aussi large que possible; admettons, si vous voulez, que l'enthousiasme lui
a fait dépasser les bornes permises à la fiction
dans la composition de son tableau, et dites si
cette vallée sauvage et silencieuse, si ce ciel
rouge de feu, qui doivent être bien près de la
vérité s'ils ne sont la vérité même, n'égalent pas
en poésie le ciel terne et enfumé de votre capitale, et les beautés régulières et monotones de
votre place Vendôme.

Mais, ajoutent nos orateurs et nos pétitionnaires, Sainte-Hélène appartient aux Anglais, et
il est honteux pour la France que le héros qui
régna sur elle et qui fut leur prisonnier pendant
sa vie, le soit encore après sa mort.

Patrioterie et non patriotisme!

---

[1] Il en est d'autres que l'on ne saurait trop se hâter au contraire
de mettre à exécution. Pourquoi l'aigle de M. Barye n'embrasse-t-il
pas encore de ses gigantesques et poétiques ailes l'arc-de-triomphe de
l'Étoile?

Sainte-Hélène aujourd'hui appartient au monde entier; et soyez-en sûrs, les Anglais, cette noble nation qui, pas plus qu'une autre, ne peut répondre des crimes de son gouvernement, se joindraient à vous pour le maudire si jamais il osait vous en fermer l'entrée.

Laissez-les faire, laissez faire l'industrie, laissez se perfectionner les voies de communication, et un jour viendra où tout bon Français rougira de n'être point allé, une fois dans sa vie, faire un pélerinage au tombeau de l'empereur comme tout bon Musulman au tombeau du Prophète. Croyez-vous que ce pélerinage ne vaudra pas bien, quant au sentiment qui l'aura inspiré, qui l'aura dicté, celui que tous les ans, à la Toussaint, vont faire les sept huitièmes de nos Parisiens au tombeau du général Foy?

Députés, pairs, ministres, pensez-y et pensez-y sérieusement : si jamais (ce dont nous préserve le ciel!) votre faiblesse autorisait qui que ce fût à courir profaner d'une main sacrilége, outrager d'un fer impie le tombeau de Napoléon, cet autre Messie, cet autre Christ populaire, pour en soustraire ses cendres et les colporter de Sainte-Hélène à Paris; et qu'une fois rendues à Paris, ces cendres illustres, ces cendres divines, les réflexions qui en ce moment se pré-

sentent à moi, et mille autres sans doute plus
convaincantes, plus pénétrantes encore, venaient
s'offrir trop tard au bon sens et à l'esprit des
masses, douées d'un sentiment des convenances
plus exquis qu'on ne l'imagine; aussi promptes
à s'éclairer d'elles-mêmes, à reconnaître leur erreur et à en gémir que faciles à se laisser séduire
et égarer; ministres, pairs et députés, pensez-y
et pensez-y sérieusement : il n'y aurait point en
France de malédictions que trente-deux millions
de Français ne fissent retomber sur vos têtes, et
Hudson-Lowe, cet autre juif errant, marqué au
front comme lui du sceau de la réprobation uni-
verselle, *Hudson-Lowe* aurait droit de se ré-
jouir, car il serait moins coupable que vous !

Je vous l'ai dit : Napoléon, pour nous, aujourd'hui, c'est aussi le Christ; Sainte-Hélène,
pour nous, c'est aussi Jérusalem. Laissez-nous
cette religion telle que le destin l'a faite, et gardez-vous d'en altérer la poésie; que plus heureuse que l'autre, elle reste intacte et pure de
tout mélange qu'y voudraient introduire les hommes. Son symbole à cette religion, c'est la colonne; la colonne, monument de triomphe, il
est vrai, et non pas de souffrance, puisque l'i-
mage de celui que la victoire aida à l'ériger de
ses mains triomphantes le domine radieuse. Pour

adorer la fiction, nous levons les yeux au ciel;
ne ramenez point nos regards sur la terre en
nous y offrant la réalité; la réalité à qui ce rap-
prochement ne ferait point gagner, quant à l'intérêt qu'elle nous inspire, ce qu'il ferait perdre
à la fiction, quant au prestige qui l'entoure.

En un mot, laissez l'homme sur le rocher où
il est mort et le demi-dieu dans les nuages.

Assez d'autres ont tenté de le détruire, ce prestige! assez d'autres ont pris plaisir à faire pénétrer nos profanes regards dans le sanctuaire,
en livrant à notre avide et vulgaire curiosité
jusqu'aux moindres détails de l'existence de
l'homme!

Voyez pulluler ces innombrables mémoires,
amas indigestes pour la plupart de mensonges,
d'inventions absurdes, au milieu desquelles sur-
nagent quelques rares vérités.

Voyez dans nos rues, dans nos promenades,
voyez ce masque inanimé qui, trahissant jusqu'au secret de la tombe, inspirait à M. Jules
Janin un admirable article, dans lequel il ex-
halait la vertueuse et poétique indignation que
soulevait en lui cette autre spéculation mercan-
tile, plus coupable encore que la première!

Mais comment ceux qui lui furent étrangers
pendant sa vie pourraient-ils se faire scrupule,

après sa mort, de dissiper l'auréole au milieu de laquelle disparaissent les traits de l'homme à nos yeux éblouis?

Voyez celle qui possédait sa tendresse et qui, écrasée sous le poids d'une destinée dont elle avait au moins le mérite de se juger indigne, honteuse de l'éclat que projetaient sur elle les rayons de l'astre qui l'entraînait dans sa course lumineuse, semble ne pouvoir trop tôt, à son gré, rentrer dans l'obscurité dont il l'avait fait sortir!

Voyez-la, cette femme, démentant le noble sang qui coule dans ses veines, le sang de Marie Thérèse! au lieu de prendre comme elle son fils entre ses bras et de venir l'offrir aux Français qui se seraient écriés aussi : *Moriamur pro rege nostro Mariá Ludovicá!* Au lieu de faire retentir l'Europe, l'univers, de ses protestations et de sa douleur sublimes, voyez-la troquer sans mot dire son titre d'impératrice des Français, de mère du roi de Rome, contre celui de duchesse de je ne sais quoi, et s'en aller trôner paisiblement je ne sais où! Puis, quand son époux n'est plus, voyez-la lui donner, dit-on, pour successeur, qui? un général autrichien! elle! la veuve de César!

Calomnie! calomnie infâme! inventée, je n'hésite point à le croire, pour la faire maudire!

Qu'il était noble, qu'il était sublime à son arrivée de Sainte-Hélène, dans sa retraite obscure
de Châteauroux qu'il n'eût jamais dû quitter; de
quelle poésie notre imagination aimait à l'entourer aussi, ce héros de l'amitié, à qui l'amitié
d'un héros assure l'immortalité! Nouveau Phi-
loctète, ne pouvait-il pas répondre à qui eût
ignoré la cause funeste de son retour en France
et l'eût interrogé pour la connaître :

> J'y viens porter mes pleurs et ma douleur profonde.
> Apprends mon infortune et les malheurs du monde;
> Mes yeux ne verront plus ce digne fils des dieux,
> Cet appui de la terre, invincible comme eux.
> . . . .
> Hercule est mort. . . . .
> . . . . Ces malheureuses mains
> Ont mis *dans le cercueil* le plus grand des humains;
> Je rapporte en ces lieux *ses armes* invincibles;
> . . . .
> . . . . Je viens à ce héros,
> Attendant des autels, élever des tombeaux.

Plus que les choses encore, les hommes ont besoin de perspective.

Une pensée vaste et féconde fait, en ce moment, d'un palais sans destination, désert, abandonné, que la stérile magnificence d'un grand roi
nous avait légué, un musée, ou plutôt un livre où
toutes les gloires nationales trouveront une page;

livre immense, dont l'exécution, n'en doutons
pas, sera aussi poétique que la pensée qui l'aura
fait éclore : puisse l'éloge que cette pensée seule
mérite arriver pour récompense à celui qui l'a
conçue, exempt des flétrissures qu'y voudrait
imprimer le souffle aride et jaloux de la passion
politique! Puisse, hélas! cet éloge ne lui être
point concédé, qu'alors qu'il ne sera plus là
pour le recevoir!

Je demande pardon au lecteur de cette longue
digression qui m'a emporté un peu loin de mon
sujet, mais qui lui est moins étrangère qu'on ne
pourrait le supposer. J'y reviens en toute hâte.

> La sensibilité fait tout notre génie,

dit le Métromane; oui, sans doute, mais qu'on ne
s'y trompe pas : il ne s'agit point ici de cette sensibilité factice et de convention qu'on acquiert
par l'habitude de la scène, sensibilité d'emprunt,
toute de mots et non de choses, mais bien de
cette sensibilité réelle, innée, que peut posséder
même l'homme dont l'esprit est le plus inculte.
C'est celle-là, c'est cette mère de l'expression
qui, guidant le poëte dans le choix de ses sujets
et lui faisant trouver ou créer sans peine les situations les plus touchantes, les plus naturelles

4

et en même temps les plus lyriques, donne du
génie au musicien [1] ; c'est aussi celle-là qui nous
a valu Sedaine : ai-je besoin de redire ce que
l'autre nous a valu ?

Paraîtra-t-il déraisonnable maintenant d'avan-
cer et de soutenir que c'est à l'absence de cette
précieuse qualité chez le poëte qu'il faut attribuer l'absence d'expression chez le musicien ?
Comment voudrait-on en effet que celui-ci trouvât des accens empreints de sensibilité, de passion naturelle et vraie sur des sujets qui en sont
dépourvus ? Au lieu de situations nobles et
grandes, tendres ou pathétiques, il ne trouve
dans le poëme qu'on lui livre que des situations
équivoques et avortées ; que des couplets fort
spirituels peut-être, mais qui, par leurs propor-
tions étroites, sont déjà une des premières
causes du peu de largeur de ses idées, et qui,
dénués de sentimens propres à la musique d'ex-

---

[1] On fut obligé, à plusieurs reprises, d'enlever du pupitre de Monsigny le poëme du *Déserteur*, sur lequel se passionnait à tel point ce
musicien d'une si piètre science, ce ménétrier, ce misérable racleur
qui ne savait rassembler ses chétifs accords que sur un violon cras-
seux ; ce pauvre homme de génie enfin, d'une sensibilité si profonde,
si expansive, si incisive, que sa santé en éprouvait de graves altéra-
tions. Si je savais un poëme qui eût produit de nos jours un semblable effet sur un compositeur, il n'est rien au monde que je ne
tentasse pour en connaître l'auteur et en faire mon ami.

pression qu'un sujet ingrat, stérile, antipathique
même à la musique, leur refuse, l'obligent, sous
peine de paraître pâle à côté de son collaborateur, à chercher dans son art des moyens mécaniques de produire de l'effet et de briller aussi, à
se rejeter enfin sur le rhythme. Ne pouvant parler à l'ame de son auditeur, il s'attaque à ses
nerfs ; ne pouvant l'attendrir, il l'étourdit. Cette
extrémité où on le réduit, cette supercherie, ce
charlatanisme dont on le force à se servir, qui
ne fait plus de son art qu'un instrument et de sa
profession qu'un métier, rend son style mesquin,
uniforme et sautillant ; de ce style aux contredanses, et des contredanses à ce maquignonnage
musical dont le nom, digne en tout du garçon
de manége ou d'écurie qui l'en a baptisé, ne
souillera pas une seconde fois ma plume, il n'y
a qu'un saut. Si j'osais me servir d'une comparaison triviale, je dirais que, dans ce cas, la position du musicien ressemble à celle d'un cuisi-
nier à qui on livre des viandes avancées ou
passées, et qui, pour les faire avaler sans gri-
mace aux consommateurs, les assaisonne de
sauces fortement épicées ¹.

---

¹ A propos de cette sauterie gracieuse et décente dont je parlais à
l'instant, et qui est à cent lieues sous tous les rapports de va'oir notre

Nous avons vu ce que l'on avait fait à l'Opéra avant *la Muette*; nous avons vu ensuite ce que l'on y a fait depuis; voyons maintenant ce que l'on pourrait y faire à l'avenir.

Il y a dans un drame lyrique deux choses qu'il importe de bien distinguer, la pièce et le libretto. Ce sera toujours aux dépens du libretto, soyez-en sûrs, que vous ferez briller la pièce. Je sais bien qu'en France nous n'en sommes point encore arrivés à sacrifier les paroles à la musique; un temps viendra, et ce temps, il faut l'espérer, n'est pas loin, où nous finirons par comprendre à notre tour que ce n'est pas non plus la musique qu'il faut sacrifier aux paroles; autrement, à quoi bon des drames lyriques? Faisons tout bonnement des comédies ou des vaudevilles.

Une action claire et simple, à l'intérêt de laquelle se rattachera naturellement l'intérêt des masses qui en feront partie intégrante et y rempliront un rôle comme les autres personnages, où les oppositions, les contrastes jailliront sans

gothique, mais joyeuse et naïve *boulangère*, je ferai remarquer que la police, cette gardienne vigilante des mœurs, qui la tolère dans nos bals particuliers, vient encore de faire condamner, il y a quelques jours, à l'amende et à la prison un pauvre diable, coupable d'avoir dansé *la* ou *le chahut* chez Desnoyers, je crois, ou à la Grande-Chaumière. O justice des hommes!

effort du fond du sujet même, et que l'on divi-
sera en deux ou trois actes ¹ au plus, fournira

¹ Après avoir dit qu'en France où, par suite de l'espèce d'importance que nous voulons toujours attacher aux paroles d'un opéra,
nous aurions peine encore à nous habituer à ces brusques et nombreux
changemens de localités qui, en accélérant la marche du drame, permettent aux Italiens d'écrire généralement leurs libretti en deux actes,
la coupe la plus favorable au drame lyrique est celle en trois actes,
je continuais ainsi dans une note de mon Recueil, en 1834 : « Cette
» coupe en deux actes, malgré tous ses défauts, me paraît cependant
» bien préférable à celle en cinq que l'on a été emprunter, je ne sais
» pourquoi, au temps des *Roy*, des *Gentil-Bernard*, des *Rameau* et
» des *Candeille*, et que l'on semble vouloir naturaliser de nouveau sur
» la scène régénérée de notre Opéra. On la croit plus riche sans
» doute? Entendons-nous. Sous le rapport du spectacle, oui, je crois
» aussi qu'un opéra en cinq actes peut être riche et même très-riche;
» sous le rapport musical, non. En effet, qu'est-ce qui constitue le
» fond d'un bon opéra? Une ou deux situations à peu près par acte :
» on n'exige pas plus, mais on n'exige pas moins. Or, quels sont les
» sujets qui, délayés en cinq actes, puissent remplir ces conditions?
» Je pense qu'ils sont rares; à moins que l'on ne considère comme
» situations musicales cette suite convenue, ou plutôt tolérée, de mor-
» ceaux de remplissage, trop souvent sans couleur, sans caractère bien
» déterminés, qui ne doivent que se grouper autour des situations
» principales ou d'élite, et qui néanmoins composent à peu près tout
» le bagage de certains opéras que nous voyons éclore par intervalles :
» productions amphibies où l'on chercherait long-temps, depuis l'in-
» troduction jusqu'au chœur final, avant de pouvoir rencontrer une
» seule intention vraiment lyrique.
» Au reste, et sans nous arrêter à exposer ici les mille autres raisons
» qui viendraient à l'appui de notre opinion, nous croyons qu'il est
» essentiel par-dessus tout que l'on se pénètre bien d'une chose : c'est

toujours la matière d'un excellent drame lyrique.
Elle permettra au poëte de bien asseoir les situations de son libretto et surtout de ne point les
étrangler. Le compositeur n'étant point gêné par
la marche précipitée de la pièce, pourra donner
à ses idées les développemens nécessaires.

C'est l'oubli de cette distinction et de ces principes fondamentaux qui nous vaut tant de jolies
pièces et si peu de véritables libretti.

Un sujet se présente : qu'en fera-t-on? un
opéra ou un opéra comique. Il vaudrait peut-être
mieux cependant en faire une comédie : l'intrigue
est compliquée, la musique ralentira l'action.
Qu'importe? On fait d'abord la pièce, parce qu'a-
vant tout on veut faire une pièce; puis, quand la
pièce est faite, on songe à placer ce qu'on appelle *les morceaux de chant*. Or, comme il faut
que la pièce marche, et comme il faut aussi cependant de la musique dans un opéra, au lieu
de situations musicales que l'on puisse poser et
dessiner largement, on met en récitatif des scè-

» qu'en admettant que l'on pût arriver à satisfaire pleinement aux
» conditions susdites, cette coupe en cinq actes, à tout homme de
» goût, à tout amateur ou dilettante vraiment digne de ce nom,
» aimant à user de sobriété, même dans ses jouissances, cette coupe
» en cinq actes, dis-je, ne pourrait toujours sembler que gothique et
» barbare. »

nes entières que le spectateur, impatienté de n'en pas saisir le dialogue, aimerait mieux qu'on lui débitât tout simplement sans musique ; on assaisonne le tout de force couplets et l'on croit avoir fait une œuvre lyrique [1]. Je présume que *Lestocq*

---

[1] Voici ce que disait sur le même sujet un journal fort spirituel, à propos de mes *douze Libretti*. On verra que le rédacteur, dont je n'ai fait pour ainsi dire que copier ici l'article, avait parfaitement saisi la pensée qui me guidait en les faisant imprimer.

« ..... Après avoir développé dans sa préface quelques aperçus très-
» justes, quoique pleins de hardiesse, sur la question de savoir ce que
» l'on doit entendre par *une situation musicale présentée musicale-*
» *ment*, l'auteur applique le précepte à l'exemple dans une suite de
» drames toujours intéressans, mais d'une action toujours claire et
» simple. Cette simplicité d'action est en effet, nous le pensons aussi,
» une condition nécessaire à toute pièce destinée à être mise en mu-
» sique ; non pas que nous demandions pour nos théâtres lyriques des
» ébauches informes semblables à celles dont les libretti italiens nous
» offrent les modèles (et ceux de M. Berthé prouvent que, quoi qu'il
» dise dans sa préface, ce n'est pas là non plus où il voudrait nous
» amener) ; mais nous soutenons avec lui que, si l'on veut que la mu-
» sique joue dans un opéra le rôle qui doit lui appartenir, il faut
» d'abord que l'action soit claire et simple : autrement faisons tout
» bonnement des comédies. On prend le premier sujet qui se présente
» sans s'inquiéter s'il offre des situations favorables à la musique ; on
» le surcharge d'incidens, puis on en fait un drame lyrique. La musi-
» que, il est vrai, s'y fait jour comme elle peut : l'action qui veut mar-
» cher lui permet de s'y montrer, mais comme honteuse d'y paraître.
» Aussi voilà pourquoi nous avons tant de couplets, tant de petites
» choses dans nos opéras, et si rarement de ces belles et larges situa-
» tions dont le théâtre italien est si riche : le moyen de s'arrêter quand,

et bien d'autres ouvrages du même genre, fort
intéressans du reste comme pièces, ont été composés de cette manière. Ne dirait-on pas un ri-
mailleur qui, après avoir rassemblé les mots et
scandé sur ses doigts les syllabes de son vers,
s'occuperait d'y loger sa pensée?

N'oublions pas que dans les arts en général,
et particulièrement en matière de drame lyrique,
ce ne sont pas toujours les données les plus com-
pliquées qui sont les plus riches.

Un morceau bien placé vaut seul un long poème.

C'est moins toutefois par la quantité que par
la qualité des situations que doit briller un drame
lyrique, le sujet en fût-il des plus heureux. Un
auteur en rencontre un de cette nature, assez
rare, quoi qu'on dise; étourdi des ressources qu'il
renferme et ne sachant que faire de ses richesses,
le voilà qui met tout en musique, qui bourre
son libretto, à tort et à travers, de morceaux de
toute espèce, qui entasse Pélion sur Ossa, pour
ne faire en définitive que du gâchis lyrique. Je
ne lui aurais demandé, moi, qu'une bonne situa-

» on vous pousse! Encore une fois, ne confondons pas les genres et
« faisons plutôt des comédies.

« Ce n'est pas ainsi que procède M. Berthé, etc. «

tion par acte ; j'y aurais mis pour condition, par
exemple, que cette situation fût bonne. L'ap-
prenti le plus maladroit sait toujours bien trouver dans un sujet, quelque ingrat qu'il puisse
être, la place d'une romance, d'un air, d'un duo ;
il réussira même parfois à les présenter assez
musicalement ; dans les plus beaux, dans les
plus riches, n'a-t-on jamais vu nos plus habiles
passer sans s'en apercevoir à côté des plus belles
situations ?

Ce n'est pas en procédant ainsi au hasard, à
l'aveuglette, que l'on arrivera jamais à écrire
une œuvre lyrique consciencieuse. Si la pensée
de la pièce et celle du libretto n'ont point germé
et mûri ensemble dans la tête de l'auteur avant
qu'il ait mis la main à la plume ; s'il n'a point
d'avance aperçu ou créé les principales situations musicales du libretto, et s'il ne les a point
en quelque sorte plantées sur sa route comme
jalons propres à le guider dans la confection de
la pièce, soyez assuré qu'il ne fera jamais rien
qui vaille.

Il fallait que je fusse bien pénétré moi-même
de cette nécessité de faire marcher au moins de
front le libretto avec la pièce, pour oser écrire,
dans l'avant-propos de mes *douze libretti*, ces
quelques lignes qui ont choqué certaines per-

sonnes dont j'estime fort, dont je respecte l'o-
pinion en matière littéraire, mais dont je me permettrai de décliner la compétence en matière
musicale.

« Il est assez généralement reconnu mainte-
» tenant en France qu'un libretto n'est pas et
» ne peut même pas être un ouvrage littéraire;
» car on s'accorde également à dire que quicon-
» que veut travailler pour la scène lyrique doit
» d'abord prendre pour devise : *Tout pour la*
» *musique*, et songer par conséquent, avant
» tout, à offrir au compositeur non-seulement
» des situations musicales, mais encore *des si-*
» *tuations musicales présentées musicalement;*
» qu'il mette ensuite dans son libretto de l'in-
» térêt s'il peut, qu'il parle français ou à peu
» près, voilà tout ce que l'on est convenu, et ce
» que raisonnablement on a le droit d'exiger de
» lui. »

Je vais prouver qu'en m'exprimant ainsi j'étais
loin de ravaler, comme on a pu m'en supposer
l'intention, le mérite du librettiste.

Chaque chose a son mérite en soi, sa valeur
intrinsèque, spéciale, relative. Un homme a le
génie d'une chose : de quelque peu d'importance
qu'elle soit et puisse être, je dis, moi, que cet
homme est un homme de génie dans son genre.

L'auteur du *Mariage de raison* et de l'opéra *historique* de *Gustave* est certes un homme de génie dans le genre du vaudeville.

Mais de ce qu'un auteur a réussi dans un genre, est-ce à dire qu'il doive réussir dans un autre? Il n'est point d'homme universel. Cela ne nous empêche pas cependant d'être assez inconséquent dans nos jugemens. — Tel auteur fait bien le vaudeville, il fera bien l'opéra. Eh! vite, ouvrez-lui les portes de l'Académie royale de Musique. — Il ne m'est jamais revenu aux oreilles que l'auteur de *la Vestale* et celui de *Montano* eussent eu beaucoup de succès aux Variétés avant d'enfanter leurs chefs-d'œuvre.

Mais quel est donc, selon vous, va-t-on me dire, le genre de mérite réel du librettiste? Il semble que l'auteur du *Mariage de raison* a prouvé qu'il comprenait le genre lyrique tout aussi bien que celui du vaudeville, et qu'il savait, lui aussi, trouver des situations musicales.

Il serait grand temps, à mon avis, de bien s'entendre sur la signification exacte de ce mot : *Situation musicale.* Les artistes, tout aussi bien que les hommes de lettres, confondent généralement sous cette dénomination toute espèce de morceaux, dits *de chant*, depuis le couplet jusqu'au finale, de quelque manière qu'ils soient présentés. D'accord avec eux sur le mot que j'accepte, je diffère entièrement d'opinion sur la chose.

Qu'est-ce qu'un drame lyrique? Un drame ordinaire mis en musique, et dont par conséquent les personnages déclament avec accompagnement de musique, ce qui s'appelle chanter, au lieu de parler. Seulement, comme il n'y a point de musique dramatique sans orchestre, l'orchestre, ainsi que l'arlequin des anciennes farces italiennes, est le personnage inévitable, obligé, de toute espèce de drame lyrique, petit ou grand, sérieux ou bouffon : personnage important, et tellement important, que pour qu'il puisse figurer dans le drame d'une manière qui réponde à son importance, il faut que les autres lui soient subordonnés ou s'effacent même quelquefois devant lui : d'où naît la nécessité de cette simplicité d'action que nous demandons, et que nous ne cesserons de demander dans le drame lyrique [1].

Mais puisqu'un drame lyrique n'est autre chose qu'un drame ordinaire mis en musique,

---

[1] De deux choses l'une : ou l'orchestre n'est qu'une machine propre à accompagner, à soutenir la voix ; et, dans ce cas, à quoi bon en augmenter les ressources chaque jour? deux violons et une flûte suffiraient ; ou il faut le considérer comme un personnage, et alors utiliser ces mêmes ressources qu'il met à votre disposition.

n'en doit-on pas conclure qu'une situation musicale n'est et ne peut être autre chose qu'une situation dramatique? Or, comme il n'y a point de
situation *dramatique* (dans le sens *artistique* [1]
attaché au mot *drame*) qui ne soit complexe,
c'est-à-dire qu'il n'y a point de situation vraiment
dramatique sans contrastes, sans oppositions,
il s'ensuit naturellement qu'il n'y a point de situation vraiment musicale là où il n'y a point
drame, c'est-à-dire contraste, opposition. Quant
à moi, je le dis bien sincèrement, je ne conçois
pas plus une situation musicale sans contraste,
sans opposition, de quelque nature, de quelque dimension qu'elle soit, qu'un tableau sans
ombre.

Conclura-t-on de là que tous les sujets qui
fourniront des situations dramatiques pourront
convenir à la scène lyrique? Nous répondrons à
cela autre part.

On comprendra maintenant quelle était ma
pensée quand je disais que le poëte lyrique doit
songer avant tout à offrir au compositeur *non-
seulement des situations musicales, mais encore
des situations musicales présentées musicalement.*

---

[1] Je ne puis mieux faire que de me servir du mot à la mode.

— Mais d'après cela, ajoutera-t-on peut-être, les situations musicales ne seraient pas communes dans nos opéras. — Je ne crois pas avoir jamais prétendu le contraire : cherchez de mon point de vue, et dites combien vous en comptez dans les sept huitièmes des prétendus ouvrages lyriques de nos faiseurs même les plus huppés. J'offre de parier que vous n'en trouverez pas une par acte.

Commence-t-on à croire que le travail du librettiste, compris et dirigé de la sorte, pourrait fort bien ne pas être aussi dénué de mérite qu'on se l'était figuré jusqu'ici sans doute, et que lui aussi pourrait fort bien être un homme de génie dans son genre?

Oui, il faut dans le drame lyrique que les choses même les plus indifférentes, que les plus petites comme les plus grandes aient une intention musicale. « Si vous n'avez point en travaillant pour la scène lyrique, dirai-je au poète qui voudra y consacrer son talent, si vous n'avez point un but de progression, un but d'artiste; si vous n'en avez, si vous ne voulez ou si vous ne pouvez en avoir d'autre que de faire *une pièce de plus*, faites des... vaudevilles. » Le mot de Voltaire à maître André a frisé mes lèvres; j'ai failli dire des perruques.

Et en effet, à quoi bon des drames lyriques!
Vous avez à Paris vingt théâtres qui vous ou-
vrent leurs portes, et où vous pouvez avec beaucoup plus de célérité faire représenter vos pièces
et agiter tout à votre aise *les grelots de Momus
et de la Folie.* — Oui, mais aujourd'hui que le
goût de la musique se répand, et que le vaudeville fait perdre peu à peu celui de la haute comédie, on joue l'opéra et l'opéra-comique dans
nos quatre-vingt-six départemens. — Ce raisonnement, tout à la hauteur de notre siècle positif,
et qui peut-être ne décide malheureusement que
trop aujourd'hui la vocation au moins douteuse
de certains hommes de lettres pour le genre lyrique, ce raisonnement, dis-je, sent trop le
comptoir pour y répondre : ce n'est plus de l'art,
c'est du commerce.

Il faudra pourtant bien un jour changer le
moule usé et rebattu dans lequel semblent éter-
nellement jetés nos drames lyriques; car on ne
fait pas cette réflexion bien simple, que pour
que l'art musical puisse se frayer des routes nouvelles et créer des effets nouveaux, il ne suffit
pas de trouver des sujets de pièces nouveaux,
si les situations musicales du libretto sont toujours les mêmes. On aurait plus tôt fait de compter tous les pavés de la capitale, que toutes les

rondes insignifiantes et tous les chœurs d'ivro-
gnes qui sont les morceaux inévitables et obli-
gés de nos opéras, dits *comiques*, depuis quarante ans.

Quoi! vous vous donnerez bien garde, en
écrivant un vaudeville, de reproduire, d'imiter
même un jeu de scène déjà connu; vous étalerez
avec empressement votre érudition dramatique
pour signaler dans l'œuvre d'un de vos confrères le moindre petit plagiat, et lorsque vous
écrirez un drame lyrique, vous vous croirez permis, moyennant quelque légère dépense d'esprit, à l'aide d'un jeu de mots, d'une calembre-
daine, de ressasser les mêmes situations jusqu'au
jugement dernier! vous reposant sur le musicien du soin de coudre du neuf sur du vieux et
de broder ou galonner vos guenilles!

Imitons nos devanciers quant au choix de nos
sujets, et marchons comme ils ont marché tour
à tour de leur temps, avec les progrès que l'art
musical a faits et fera du nôtre : car, on ne saurait trop le répéter, un sujet a moins besoin
d'être neuf que vraiment lyrique, vraiment musical, pour inspirer au poëte des situations musicales neuves. C'est ce but de progression de
l'art lyrique, et non de l'art dramatique, où je
vise; c'est l'ardent désir d'y atteindre dont je

suis animé qui seul me met la plume à la main.

Mais ce qui probablement retardera encore long-temps en France le développement des belles et grandes formes musicales, c'est le couplet, cette lèpre véritable de notre scène lyrique!

> Détestables couplets, présent le plus funeste,
> Qu'ait pu faire aux Français la colère céleste!

Genre étriqué! genre misérable! cause déplorable de l'avortement de talens, de génies peut-être, qui lui ont prodigué tant d'heureuses idées, tant de trésors de mélodie, gaspillés sans profit pour l'art lyrique!

Qu'on ne se hâte point toutefois de conclure de ceci que je voudrais entièrement proscrire les couplets du drame lyrique. Il est telle situation où une romance, une ballade, produira plus d'effet dramatique et prouvera plus en faveur de l'art musical que le morceau le plus compliqué et le plus difficile. Pour ne citer qu'un exemple que je n'emprunterai même pas à la scène lyrique, croit-on que la ballade de *Macbeth*, chantée devant *Falkland* bourrelé de remords, et dont la situation offre quelque analogie avec celle du guerrier écossais, ne soit pas préférable, là où elle est placée et si faible qu'en puisse être la musique, qu'un quatuor, qu'un riche morceau d'ensemble, quels qu'eussent pu être d'ailleurs leur mérite et leur succès. Qui ne se rappelle encore l'effet immense que se prêtaient mutuellement ces deux ou trois chétifs couplets et le jeu muet, si expressif, si dramatique, de notre grand et si poétique Talma?

On a déjà deviné, je pense, où je veux en venir. Oui, mettez, si vous voulez, des couplets dans vos opéras, mais que ces couplets soient autant que possible en situation, c'est-à-dire qu'ils servent à amener des contrastes, des oppositions, non-seulement sur la scène, mais encore dans l'orchestre. A cette condition, je les tolère; je dis plus, je les approuve.

Voici ce qu'en 1834 je disais à ce sujet, dans la note jointe à l'avant-propos des deux volumes dont j'ai parlé en commençant : cette citation achèvera de me faire comprendre.

« En écrivant un libretto, si l'on se pénétrait » bien de ce principe, qu'il faut chanter le moins » possible pour chanter, on serait conduit tout » naturellement à penser que tout morceau qui » ne peut tirer son effet de lui-même, c'est-à- » dire de la variété de ses mouvemens ou des » sentimens qu'il est destiné à exprimer, doit

» l'emprunter à la situation où il se trouve placé.
» Ceci n'est pas toujours d'une facile applica-
» tion, je le sais ; la marche du drame ne se
» prête pas toujours à ces sortes de combinai-
» sons. Ne vaudrait-il pas mieux, en ce cas, par-
» ler tout bonnement ou même se taire, que de
» chanter, comme nous le disions tout à l'heure,
» uniquement pour chanter?

» Il est certains morceaux, par exemple, tels
» que rondes, ballades, romances, barcarolles,
» etc., etc., jetés à pleines mains et au hasard
» dans certains opéras, et qui, au lieu d'être
» comme trop souvent d'innocens bavardages,
» sans intérêt pour le spectateur, ni pour les per-
» sonnages qui ne sont là sur la scène que pour
» les écouter ; de véritables hors-d'œuvre enfin,
» quelquefois même sans la moindre analogie
» avec la couleur du sujet de la pièce, pour-
» raient, je pense, s'ils étaient placés d'une ma-
» nière plus rationnellement, plus logiquement
» musicale et avec discrétion, pourraient, dis-je,
» amener quelquefois de ces effets qui n'appar-
» tiennent qu'au drame lyrique où l'orchestre
» parle aussi et joue un rôle si important.

» Blondel voyant venir la comtesse de Flan-
» dre qu'il croit reconnaître, suivie seulement
» des gens de sa maison, et voulant s'assurer

5*

» que c'est bien elle qui s'approche, rattache sa
» fausse barbe, prend son violon, et joue l'air
» de la romance : *Une fièvre brûlante,* que Ri-
» chard composa pour elle en des temps plus
» heureux, et que seule de tout son cortége elle
» peut connaître. Marguerite, dans l'ame de qui
» cet air rappelle des souvenirs touchans et dou-
» loureux, s'arrête un instant, regarde avec éton-
» nement, émotion et intérêt ce pauvre aveugle
» qu'elle ne se doute guère être Blondel, l'ami
» de Richard, et s'approchant, lui demande qui
» lui a appris cet air. Blondel répond qu'il le
» tient d'un écuyer de Richard, lequel écuyer
» le tenait de Richard même, à qui il l'avait en-
» tendu chanter en Palestine; puis il profite de
» cette circonstance pour demander à Margue-
» rite l'hospitalité pour la nuit dans un coin de
» son habitation. Marguerite lui accorde sa de-
» mande, à condition qu'il lui jouera plusieurs
» fois l'air de Richard, et sort.

» Cette donnée est celle de Sedaine : l'intrigue,
» la contexture, la marche de son drame n'en
» demandait, n'en permettait pas d'autre, et le
» succès de l'ouvrage prouve qu'il a eu raison
» de s'y tenir. Voici la mienne.... « Mais quoi !
» vous voulez refaire Sedaine? » va-t-on dire. A
» Dieu ne plaise! je cherche à me rendre intelli-

» gible : pour y parvenir j'applique le précepte
» à l'exemple. Moi refaire Sedaine! Sedaine à
» qui je dois les premières et les plus douces
» émotions que le drame lyrique m'ait fait éprou-
» ver! Écoutez : j'étais bien jeune lorsque je vis
» *Richard Cœur-de-Lion* pour la première fois ;
» je me souviens qu'arrivé à cette scène qui, à
» elle seule, prouverait mieux encore peut-être
» que tous ses autres opéras combien son orga-
» nisation était lyrique ou musicale, je ne pus
» retenir mes larmes. Plus tard et toutes les fois
» que je revis cet immortel ouvrage, l'effet sur
» moi fut le même. La mélodie de la romance
» qui revient plusieurs fois dans le courant de
» la pièce et toujours en situation, est admi-
» rable, il est vrai; je dis plus, elle est sublime :
» mais Grétry eût-il rempli sa tâche avec dix fois
» plus de génie encore, il n'en resterait pas moins
» à son digne collaborateur le mérite d'avoir
» trouvé et créé une des plus belles situations
» musicales qui existât alors, car alors elle était,
» je crois, sans modèle. Et pourtant il ne s'agit
» que d'une romance, et d'une romance jouée
» par un violon seul !

» Je crois pouvoir maintenant continuer en
» toute assurance.

» Voici donc comment cette scène, suivant

» ma manière de voir, aurait pu être combinée.

» Je suppose d'abord que Florestan est connu
» du spectateur comme gouverneur du château-
» fort où Richard est retenu secrètement prison-
» nier par l'empereur. Marguerite, au lieu d'être
» amenée sans motif bien évident dans cette
» partie reculée de l'Allemagne où languit son
» amant, y est attirée, comme Blondel, par le
» désir caché et bien naturel de s'assurer s'il ne
» serait pas renfermé dans le château en ques-
» tion. Blondel, comme dans la pièce, la voyant
» venir, mais accompagnée de Florestan, chargé
» de la recevoir et de lui faire les honneurs de la
» contrée au nom de son souverain, Blondel,
» dis-je, pour s'assurer, toujours comme dans
» la pièce, que c'est bien la comtesse de Flandre
» qui s'approche, rattache sa barbe, prend son
» violon et joue la romance ; Marguerite, éton-
» née, émue, s'arrête un instant et regarde avec
» intérêt ce pauvre aveugle, qu'elle ne peut se
» douter être l'ami de celui qu'elle pleure et
» qu'elle cherche. Cependant, craignant d'éveil-
» ler les soupçons de Florestan, aux yeux de qui
» son émotion, le moindre mot, le moindre
» geste peut paraître suspect, et dont le jeu
» muet, exprimant à la fois l'impatience et le dé-
» dain, témoigne déjà qu'il trouve au moins

» singulière l'attention qu'elle semble prêter aux
» accords de ce misérable mendiant, Margue-
» rite se décide enfin à continuer son chemin, et
» sort d'un air pensif sans avoir prononcé une
» seule syllabe.

» Je puis me tromper, mais je crois que l'effet
» de la mélodie de Grétry, présentée de cette
» manière ou de toute autre analogue, eût été
» encore plus extraordinaire; et pourtant il ne
» se fût agi toujours que d'une simple romance,
» et d'une romance jouée toujours par un seul
» violon.

» Masaniello, que ses amis invitent à chanter,
» leur chante deux couplets, dont le refrain :
» *Pécheur, parle bas, le roi des mers ne t'é-*
» *chappera pas!* qu'ils répètent en chœur, a un
» double sens. Le roi des mers est, dit-on, un
» poisson qu'à Naples on a surnommé ainsi; je
» suppose que le véritable roi des mers, auquel
» Masaniello veut faire allusion, est l'Espagnol.
» S'il se trouvait là quelqu'un dont la présence
» pût le gêner dans son franc parler et le forcer
» à être circonspect, la situation serait plus mu-
» sicale, et les couplets, dont la mélodie est
» pleine de verve et de fraîcheur, produiraient
» plus d'effet; comme il n'en est rien, il eût été
» à souhaiter que le sens de ce refrain, que beau-

» coup de gens ne saisissent pas sur-le-champ,
» fût plus clair : Masaniello n'aurait pas eu be-
» soin de dire à ses amis, avant de commencer,
» et par conséquent au spectateur, de bien com-
» prendre son langage, ce qui eût encore mieux
» valu.

» J'aurais aimé que la ballade : *La Dame*
» *blanche vous regarde, la Dame blanche vous*
» *entend,* se trouvât placée dans la bouche de la
» Dame blanche elle-même. Ce joli morceau n'en
» serait pas devenu plus gracieux sans doute
» (cela eût été difficile), mais il aurait acquis, ce
» me semble, plus de mordant, et son aimable
» auteur, au moyen de quelques-uns de ces spi-
» rituels détails d'orchestre qui lui sont si fami-
» liers, se serait plu peut-être à le rendre plus
» piquant, plus attachant encore. »

Au reste, qu'on n'oublie pas ce que disait, en
thèse générale, un critique célèbre dont les paroles auront plus de poids que les miennes, sans
doute, dans l'esprit de nos faiseurs de pièces :
Il n'y a de bons morceaux de musique que ceux
qui font marcher la pièce.

J'ai fait voir combien les oppositions, les contrastes pouvaient relever l'importance des plus
petites choses musicales dans un drame lyrique ;
voyons combien l'absence de ce nerf, de cette vie

des beaux-arts, en général, peut diminuer celle des plus grandes.

Certes, il faut des masses dans un opéra, et quand ces masses font, comme je le demandais plus haut, partie intégrante de l'action, quand elles ont un intérêt quelconque, réel, direct dans la pièce, nul doute qu'elles ne soient d'une immense ressource pour le libretto. Mais s'en suit-il qu'il ne soit point nécessaire de les faire agir avec discernement, et qu'il suffise de les mettre en mouvement, peu importe comment, pour que la raison soit satisfaite et que le spectateur n'ait rien à demander de plus? Quand vous aurez fait brailler, hurler pendant une heure une multitude furieuse, fanatisée, s'il ne s'est trouvé là personne pour lui tenir tête, croirez-vous bonnement avoir rempli consciencieusement votre mission de poète lyrique et de librettiste? Vous aurez fait du bruit et voilà tout.

« C'est surtout dans ces grandes situations » que l'on nomme *finales à effet*, et vulgaire- » ment *finales à tapages*, que les contrastes, » les oppositions sont nécessaires. J'ai toujours » regretté que l'auteur de *la Vestale*, dans celui » du second acte, au lieu de laisser la pauvre » Julia se débattre toute seule jusqu'à la fin, au » milieu des imprécations d'un grand-prêtre san-

» guinaire et des cris de mort d'un peuple fana-
» tique, n'ait point combiné cette partie de son
» plan de manière à y ménager une sorte de pé-
» ripétie, en ramenant Licinius dans le temple,
» à la tête de ses amis et d'un corps nombreux
» de son armée qui lui est toute dévouée, pour
» arracher celle qu'il adore et qu'il a compro-
» mise à une mort qu'il sait être certaine, et cela,
» au moment même où, la tête couverte du crêpe
» fatal, on va la conduire au supplice. Il me sem-
» ble que la présence et la voix de Licinius, vain-
» queur et triomphateur la veille, balançant quel-
» ques instans au moins l'ascendant du grand-
» prêtre dans l'esprit d'une partie du peuple,
» auraient nécessairement produit un choc d'opi-
» nions et de sentimens divers qui eussent porté
» la situation au plus haut degré d'intérêt et d'é-
» nergie. Le dénouement pouvait être le même;
» mais peu eût importé le dénouement : l'effet, et
» l'effet le plus puissant était obtenu, et c'était là
» l'essentiel. L'ouvrage, je le sais, se trouvait ré-
» duit en deux actes, puisque le troisième, fondu
» dans le deuxième, ne servait plus qu'à com-
» pléter l'admirable tableau musical qui le ter-
» mine; croit-on qu'il y eût beaucoup perdu [1]?

_____

[1] Je n'ai pas besoin de dire, je pense, que cette observation, cri-

» Le finale de *la Muette de Portici* aurait pu
» être combiné à peu près de la même manière.
» La prière est sans contredit un fort beau, un
» magnifique morceau de musique ; il n'a que le
» tort, selon moi, de n'être pas à sa place. Je ne
» puis m'habituer à cette idée que dans un mo-
» ment semblable, en plein air, sur une place
» publique, le peuple, de quelque pays qu'il
» soit, tout superstitieux, tout fanatique qu'il
» puisse être, aille songer tout-à-coup à s'age-
» nouiller et à dire ses patenôtres, et que d'ail-
» leurs on lui en laisse le temps ou la liberté.
» Mon avis est qu'ici, comme dans *Guillaume*
» *Tell*, il n'avait qu'un cri à pousser : *Aux armes!*
» et une chose à faire, s'en aller ; ou bien, si l'on
» tenait à ne point lui faire quitter la scène si
» brusquement, le gouverneur, instruit de ce qui
» se passe par cet officier qu'on laisse sortir bien
» tranquillement la menace à la bouche et dans
» les gestes, après l'avoir désarmé, et dont on
» n'entend plus parler, le gouverneur, dis-je,
» pouvait arriver à la tête de ses troupes pour

tique si l'on veut, sur ce finale de *la Vestale*, ne m'empêche pas de
professer l'admiration la plus profonde, la plus sincère pour ce chef-
d'œuvre, et pour son auteur surtout, qui fit faire, il y a trente ans,
un pas immense à l'art lyrique et à l'expression musicale en France,
restés depuis lui à peu près au même point où il les avait laissés.

» réprimer la sédition. Son entrée eût, pour un
» moment, ramené le calme sur la scène. Profi-
» tant de la situation des esprits dominés par un
» reste de crainte ou de respect, il eût invité le
» peuple, avec douceur, à lui faire part de ses
» griefs ; puis, peu à peu, le peuple s'exaltant
» et devenant de plus en plus exigeant, mena-
» çant même, il eût renoncé à persuader et tenu
» à son tour un langage plus ferme; l'explosion,
» plus motivée alors, ne se fût pas fait attendre.
» Car enfin, quand on est tout d'accord, pour-
» quoi tant de bruit ? est-ce pour se monter la
» tête ? Pourquoi ces gestes menaçans le long de
» la rampe, ces poignards, ces torches enflam-
» mées que l'on agite avec fureur ? A qui en veut-
» on ? est-ce au parterre ? [1] »

Un des plus grands défauts de *Robert le Diable*
est de manquer de ces oppositions de masses ; ce
qui donne à la pièce un air de famille assez prononcé avec celles du Théâtre de la Bourse. Cela
ne l'a pas empêché, je le sais, d'atteindre cent
cinquante représentations. Ce succès auquel la
musique, on voudra bien en convenir j'espère, et
le ballet des *Nonnes,* ont contribué aussi pour
quelque chose, ce succès, dis-je, prouve que

[1] *Doute Libretti*, t. I.

l'art lyrique est loin encore d'être compris et
d'être arrivé à son apogée parmi nous : à voir
celui de l'opéra en trois actes intitulé *l'Eclair*,
composé en tout et pour tout de quatre personnages, on pourrait dire hardiment qu'il rétrograde.

Le sujet de la Saint-Barthélemy séduit au premier abord par les ressources qu'il paraît renfermer. L'auteur des *Huguenots* n'est pas le
premier que cet épouvantable épisode de nos
annales ait tenté; pour mon compte, j'y avais un
instant arrêté les yeux pour en faire le sujet d'un
de mes *douze libretti;* j'avais même jeté sur le
papier quelques idées auxquelles plus tard je
renonçai, retenu par cette considération, que ce
massacre, vrai massacre des innocens, n'ayant
rencontré, d'après l'histoire, que des résistances
isolées, ne pourrait amener aucune de ces oppositions de masses entre elles qui, seules, peuvent les rendre intéressantes dans le drame lyrique quand on veut leur y donner un intérêt
quelconque. L'auteur n'a fait que me confirmer
dans mon opinion, car sa pièce, où la Saint-Barthélemy ne figure en quelque sorte que pour
mémoire, qui ne repose que sur une intrigue, offrant, comme je l'ai fait voir plus haut, un point
capital de ressemblance avec celle de *Montano*
(à la vraisemblance et à la poésie des moyens

près), et que par conséquent il aurait pu tout
aussi bien intituler : *Valentine de Saint-Bris* ou
Raoul de Nangis que *les Huguenots* ; sa pièce,
dis-je, n'est tout bonnement qu'un long vaudeville, ou du moins qu'un opéra comique fort ordinaire, fort compliqué surtout, pour ne pas
dire embrouillé, auquel il a, tant bien que mal,
ajusté un horrible dénouement.

On pourra m'objecter, je le sais, que ces oppositions de masses entre elles, dont je parlais
à l'instant, ne manquent pourtant pas dans le
libretto ; que le finale du troisième acte, par
exemple, offrait au musicien, qui en a habilement profité, d'immenses ressources en ce
genre. Voici ma réponse.

Il est de ces choses que le musicien doit renoncer à peindre, car il ne doit même pas essayer de faire rendre à son art plus qu'il ne peut.
Le drame lyrique a sur le drame pur et simple
l'avantage sans doute de pouvoir faire parler un
peuple tout entier ; ce ne peut être cependant
qu'autant que ce peuple est mû par un seul et
même sentiment, un seul et même intérêt, en
opposition avec les sentimens, avec les intérêts
des autres personnages. Autrement, ce n'est
plus que du tumulte pour lequel la musique n'est
point faite.

Il ne suffit pas qu'une situation soit complexe, il faut qu'elle soit claire comme l'action.

Ces ensembles divers, ces chœurs nombreux qui arrivent successivement, et finissent par se réunir, peuvent présenter, quant à la musique, un fort beau travail sur le papier; mais l'artiste n'a-t-il pas dû craindre, en l'écrivant, que le résultat de ce travail, dans lequel il a voulu peindre le bruit vague et confus d'une multitude dont les clameurs se croisent en tous sens, n'atteignît que trop parfaitement, à la scène, le but qu'il s'était proposé? Car on me soutiendrait vainement le contraire : non, ce n'est plus là une situation complexe, *une situation musicale présentée musicalement*, où il y ait des passions à peindre et où, par conséquent, l'expression puisse être utile à quelque chose : encore une fois, c'est du tumulte, ou du moins, c'en est l'imitation ; et je vous l'ai dit en commençant : *l'imitation n'est point de la musique.*

Mozart a pu se permettre dans *Don Juan* l'emploi de plusieurs orchestres sur la scène : ce jeu d'esprit, qui n'est certes pas ce qu'il y a de plus remarquable dans sa partition, cette tentative risquée dans une situation peu importante par elle-même, ne tirait point à conséquence, et j'imagine qu'en l'écrivant il en avait

pris d'avance son parti, si l'effet ne répondait
pas à son attente,

L'homme d'esprit, de tact, peut seul réussir
dans ces sortes de situations; l'homme de génie
y échoue, car c'est là où l'expression, je le répète, alors même qu'elle est possible, doit être
forcément sacrifiée au rhythme.

L'auteur de *la Muette de Portici* a fait de la
scène du marché un modèle de ce genre. Le motif de contredanse qu'il y a adapté (et je l'aurais
bien mis au défi de faire, sur une pareille situation, autre chose qu'une contredanse), est un
des plus frais et des plus gracieux de sa partition.

Le journaliste qui avait annoncé que l'artillerie jouerait un rôle dans celle de la Saint-Barthélemy, avait sans doute assisté à la répétition
du finale du troisième acte de cet ouvrage : ef-
frayé de l'immensité et de la qualité des moyens
que les auteurs y ont mis en œuvre, il en avait
judicieusement pressenti d'autres plus extraordinaires encore pour le dénouement. Mais ne dés-
espérons de rien. Qu'est-ce que les auteurs et
l'administration de l'Opéra pourraient en effet
nous offrir maintenant? Au premier ouvrage
qu'il nous donneront, tenons-nous bien pour
avertis : gare les feux de pelotons !

Dejaure! Dejaure!

Toutefois, il est une situation de cette véritable encyclopédie lyrique, qui a réuni tous les
suffrages et que je trouve fort belle moi-même.
Les raisons qui me la font trouver telle ne sont
peut-être pas celles qui ont déterminé les applaudissemens du plus grand nombre des spectateurs, car la beauté que cette situation renferme,
beauté spéciale, indépendante de celle qu'elle
peut renfermer comme situation dramatique et
que je lui refuse (j'ai dit plus haut pourquoi) n'est
beauté pour moi que parce qu'elle est conforme
à ma manière de voir.

Nangis a pénétré jusqu'à Valentine qui vient
d'épouser Nevers. L'arrivée de Saint-Bris et des
autres conjurés le force à se cacher; Valentine
rentre dans son appartement. Saint-Bris alors
déroule à ses complices le complot enfanté et
mûri au Louvre, et l'entrée des trois moines qui
viennent bénir les poignards des assassins, complète la scène.

Faites-en disparaître Nangis que vous savez
être là, derrière cette tapisserie, témoin auricu-
laire de l'atroce et infernal complot; Nangis, que
vous ne voyez point, que du moins vous ne de-
vriez point voir, tant il est intéressant pour son
propre salut, pour celui de ces co-religionnaires

et pour la réputation de Valentine, que l'on ne soupçonne même pas un seul instant sa présence dans l'hôtel de Nevers, la situation n'est plus, musicalement parlant, qu'une de ces situations communes, dont un compositeur doué de quelque chaleur de tête sait toujours bien tirer parti, et qui ne manquent jamais leur effet sur un certain public, à qui l'on jette facilement de la poudre aux yeux : tant et si bien on a su l'habituer à confondre le génie avec le fracas de l'orchestre et de la scène pour lequel ses oreilles doublées de corne n'avaient déjà que trop de penchant.

— Mais vous n'êtes point conséquent avec vous-même : Nangis ayant disparu de la scène et tous ceux qui la remplissent étant du même avis, il n'y a point contraste, opposition dans cette situation. Or, sans contraste, sans opposition, point de situation musicale, selon vous. D'où vient cependant que vous trouvez des beautés à celle-ci ? est-ce parce que le compositeur, en dépit de votre système, en a fait un chef-d'œuvre ?

— Un moment. Il n'y a point, dites-vous, d'opposition, de contraste dans cette situation ? et Nangis ?

— Mais Nangis, Nangis encore une fois n'est plus sur la scène.

— Et l'orchestre ? l'orchestre n'y est-il pas pour

lui? Comptez-vous pour rien ce personnage si
complaisant, si utile, si prompt à voler au secours des autres ; toujours prêt à tout faire, à
tout dire, même ce qu'ils ont quelquefois le plus
d'intérêt à cacher? Il me semble avoir eu déjà
l'honneur de vous en entretenir et de vous en faire
sentir l'importance. Si Nangis n'est plus là pour
produire contraste, pour manifester son opposition, son indignation, croyez-vous que le musicien l'ait perdu de vue et n'ait pas chargé l'orchestre de parler pour lui?

— Ah! nous allons nous enfoncer dans les
subtilités ; vous prêtez à M. Meyerbeer, qui n'a
fait tout simplement de cette situation qu'une
œuvre de génie, plus d'esprit qu'il n'en a ou
qu'il n'a voulu en avoir sans doute.

— Admettons pour l'instant que notre discussion ne roule plus que sur des subtilités ; admettons même, si vous voulez, que l'homme de
génie ne puisse et ne doive être qu'une bête,
M. Meyerbeer serait-il le premier à qui le génie
aurait donné de l'esprit? Il y a bien des gens à
qui l'esprit donne quelquefois du génie.

Je dis et je soutiens que ce qui fait la beauté
de cette situation n'a pu lui échapper ; qu'en admettant que cela eût pu être, la nécessité des
contrastes, des oppositions, dans toute situa-

6*

tion dite musicale, serait d'autant mieux démontrée et prouvée, puisque ses inspirations tire-
raient ici de celles du poëte, des beautés qu'il
n'aurait point songé à créer, ou qu'il aurait, j'o-
serai le dire, créées sans le savoir, et que l'auditeur se plairait à supposer, à chercher, à découvrir dans sa partition, n'y existassent-elles
même pas.

Le fragment suivant et tant de fois cité du
livre de *l'Allemagne*, chef-d'œuvre d'une femme
illustre dont l'imagination vive, brillante et toute
poétique, comprenait si bien les beaux-arts, est
trop en harmonie avec tout ce que l'on vient de
lire, pour que je me refuse au plaisir de le citer
à mon tour.

« Gluck, que les Allemands comptent avec
» raison parmi leurs hommes de génie, a su
» merveilleusement-adapter le chant aux paroles,
» et dans plusieurs de ses opéras, il a rivalisé
» avec le poëte par l'expression de sa musique.
» Lorsqu'Alceste a résolu de mourir pour Ad-
» mète, et que ce sacrifice, secrètement offert
» aux dieux, a rendu son époux à la vie, le con-
» traste des airs joyeux qui célèbrent la conva-
» lescence du roi, et des gémissemens étouffés
» de la reine condamnée à le quitter, est d'un
» grand effet tragique. Oreste, dans *Iphigénie*

» *en Tauride*, dit : *le calme rentre dans mon*
» *ame*, — et l'air qu'il chante exprime ce senti-
» ment; mais l'accompagnement de cet air est
» sombre et agité. Les musiciens, étonnés de ce
» contraste, voulaient adoucir l'accompagnement
» en l'exécutant; Gluck s'en irritait et leur criait :
» N'écoutez pas Oreste, il dit qu'il est calme, il
» ment : il a tué sa mère! » Le Poussin, pei-
» gnant les danses des bergères, place dans le
» paysage le tombeau d'une jeune fille, sur le-
» quel est écrit : *Et moi aussi je vécus en Ar-*
» *cadie.* Il y a de la pensée dans cette manière
» de concevoir les arts, comme dans les combi-
» naisons ingénieuses de Gluck [1]. »

Remarquons bien toutefois que, dans ces deux
situations d'Admète et d'Iphigénie en Tauride,
dont parle ici madame de Staël, il ne s'agit point
de jeux d'esprit du musicien sur les paroles du
poëte; qu'il s'agit tout simplement de contrastes
ressortant naturellement du fonds des sujets
même, enfin *de situations musicales présentées*
musicalement par le poëte au musicien, et que
celui-ci par conséquent n'a point créées. Aussi,
quand madame de Staël, paraissant restreindre
l'admiration que semble lui avoir inspirée jusque-

---

[1] *De l'Allemagne*, t. II, édition in-8°.

là le génie avec lequel Gluck a interprété les intentions du poëte, poursuit en termes généraux
et dit : *Mais les arts sont au-dessus de la pen-*
sée : leur langage, ce sont les couleurs ou les
formes ou les sons. Si l'on pouvait se figurer les
impressions dont notre ame serait susceptible
avant de connaître la parole, on concevrait
mieux l'effet de la peinture et de la musique [1];
et autre part, à propos des musiciens allemands qui, suivant elle, *mettent trop d'esprit*
dans leurs ouvrages [2], et de Mozart particulièrement *qui, de tous, est celui qui en a mis le*
plus [3] : *qu'il faut dans les beaux-arts plus d'ins-*
tinct que de pensée; qu'un plaisir qui naît de
la réflexion n'appartient pas à la sphère mer-
veilleuse des arts [4], je me permets de différer
d'opinion avec elle.

S'il n'était question que *de cette harmonie cé-*
leste qui, en l'écoutant, vous fait errer par la
rêverie dans les régions éthérées, oublier le
bruit de la terre et considérer l'univers entier
comme un symbole des émotions de l'ame [5]; s'il
n'était question seulement même que de cette
musique d'un caractère vague, d'une couleur

[1] *De l'Allemagne*, t. II.
[2] *Ibid.* — [3] *Ibid.* · [4] *Ibid.* — [5] *Ibid.*, t. I.

indéterminée, que nous entendons quelquefois
dans un salon, sous la forme d'une romance,
d'un nocturne; dans une promenade, par une
belle nuit d'été, sur la lisière d'un bois ou sur le
bord d'un fleuve, sous la forme d'une sérénade ;
au théâtre même, dans certaines situations où le
compositeur n'a point de passions à peindre, sous
telle ou telle autre forme ; laquelle musique *vous
plonge dans une rêverie délicieuse qui anéantit
les pensées que les mots peuvent exprimer* [1], et
finit sans doute par vous endormir, je comprendrais que *l'* *musique réveillant en nous le sentiment* *infini, tout ce qui tend à particu-
lariser l'objet de la mélodie doit en diminuer
l'effet* [2]. Mais qu'on y prenne bien garde, la
musique dont nous nous occupons ici est la musique d'expression, la musique dramatique enfin. Or, je ne sache pas que le mérite de celle-ci
soit, non pas d'émouvoir, mais de vous plonger
dans *cette rêverie délicieuse qui anéantit les
pensées que les mots peuvent exprimer :* ce n'est
pas là du moins, on peut en être sûr, l'effet que
Gluck attendait de la sienne sur son auditeur.

Je prétends, moi, que le plaisir que donne la
musique dramatique, dans une situation sem-

---

[1] *De l'Allemagne*, t. II. — [2] *Ibid.*

blable à celles que le grand homme a si poétiquement comprises, n'en vaut que mieux quand
il naît de la réflexion, car il prouve que le compositeur s'est bien pénétré de la pensée du poëte
et s'est attaché à faire, du drame et de la musique, un tout homogène. Va-t-on conclure de là
que je veux engager les compositeurs à se jeter
dans les *rebus*, dans les *concetti*, dans *l'imitation* enfin? Après tout ce qu'on a lu jusqu'ici, il
y aurait mauvaise foi, j'ose le dire, à répondre
par l'affirmative.

Puisque nous en sommes revenus malgré nous
à l'*imitation,* finissons-en une bonne fois avec
elle.

On a beaucoup écrit sur l'*imitation,* ainsi que
sur l'*expression* en musique, deux mots dont on
se sert à peu près indifféremment pour qualifier
la même chose. Seulement, afin de déterminer
la ligne qui, dans certains cas, sépare forcément
et doit aider à distinguer l'une de l'autre, on a
cherché à créer un nom plus significatif à la première : on l'a nommée *musique imitative, imitation pittoresque,* que sais-je encore? Quelque
lumière que l'on ait répandue sur cette question,
elle n'en reste pas moins assez confuse, assez
obscure pour beaucoup de gens. C'est qu'avant
de définir la chose, on aurait dû commencer par

se bien fixer sur la valeur du mot.

Quoi qu'en dise Aristote et sa docte cabale,

la musique est un art d'expression et non d'imitation.

Que signifie le mot *imiter?* Veut-il dire faire, *plus ou moins exactement,* ce que fait une personne ou un animal? L'Académie ne laisse pas le choix : elle dit positivement dans son Dictionnaire : *faire exactement.* Et, en effet, faire à peu près ce que fait une personne ou un animal, c'est *chercher à imiter,* et non point *imiter* cette personne ou cet animal.

Ceci posé, qu'est-ce que peut être en musique l'imitation qui est l'action d'imiter? La reproduction exacte d'un son ou d'un bruit quelconque, et pas autre chose. C'est pénétré de cette vérité, que je disais en débutant que l'imitation n'est pas plus de la musique que le *trompe-l'œil* n'est de la peinture.

Voyez maintenant comme la question devient claire, lucide pour tout le monde : vous réduisez le rôle de l'imitation à ce qu'il doit être, et vous agrandissez d'autant celui de l'expression. Ainsi, un musicien rencontre dans son poëme une situation où il est question d'une troupe de cava-

liers accourant pour délivrer un personnage de
la pièce : sur-le-champ il fait galoper son orchestre en triolets. Sa prétendue imitation, qui
n'est qu'un rhythme comme un autre, est-elle
exacte à ce point que je puisse m'y méprendre,
et croire entendre réellement le galop d'un cheval? Non. Eh bien! alors disons qu'il *peint* et
non pas qu'il *imite* le galop d'un cheval ; or, qui
dit *peinture* dit *expression* [1].

C'est encore dans ce sens que je dirai : peindre
une tempête, un orage, une bataille même. Si le
musicien se borne à tracer un large et poétique
tableau de ces grandes, terribles et poétiques
scènes, il restera dans les limites du *beau* qui,
dans les arts, est la seule vérité que l'on doive
admettre. Mais si, pour se rapprocher davantage
de cette autre vérité *plus vraie* que le vulgaire
est toujours si disposé à confondre avec la première, il se jette dans les détails, dans les effets
puérils ; s'il *cherche à imiter* le roulement du
tonnerre ou l'explosion de l'artillerie, le sifflement du vent ou des balles, etc., etc., ce ne sera
point, croyez-moi, de l'imitation qu'il fera, mais

---

[1] J'engagerai ceux qui douteraient que l'on puisse arriver à l'expression, même en *peignant* le galop d'un cheval, à écouter avec
attention l'ouverture du *Jeune Henri*.

bien tout simplement de la musique ridicule ; et sa peinture, dans laquelle il aura outré l'expression, sera de celles dont on peut dire avec raison :

Spectatum admissi risum teneatis....?

Dans la peinture des sentimens et des passions même, qui est celle de toutes qui admet le plus de vérité dans l'imitation de la nature, il est des bornes que le goût défend de franchir. On peindra l'amour, la haine, la fureur, mais on se gardera bien de peindre les hurlemens de l'homme furieux ou les soupirs lubriques du satyre.

L'auteur d'*Émile*, traitant de l'imitation en musique, dit : « Le plus grand prodige d'un art » qui n'a d'activité que par ses mouvemens, est » d'en pouvoir former jusqu'à l'image du repos. » Le sommeil, le calme de la nuit, la solitude et » le silence même entrent dans le nombre des » tableaux de la musique. » Entend-il par là que le plus grand prodige de la musique est de pouvoir *imiter* jusqu'au silence même? A en juger par l'objet qu'il traite, on pourrait le croire. Toutefois, comme il s'agit de *tableaux*, il s'agit de *peinture :* Jean-Jacques a donc voulu dire que le plus grand prodige de la musique est de pouvoir *peindre* jusqu'au silence même.

Je ne sais si Delille était musicien, mais ce vers célèbre de son poëme de l'*Imagination*,

> Il ne voit que la nuit, *n'entend que le silence*,

autorise à croire qu'il eût abondé dans le sens de Rousseau : celui qui veut qu'on puisse *entendre* le silence n'eût certes point contesté à la musique, qui est l'*art de combiner les sons*, le droit ni la possibilité de le *peindre*. Quant à moi, je ne conçois pas d'autre moyen de l'*imiter*, que de faire compter des pauses à l'orchestre.

Racine probablement eût été de mon avis, lui qui faisait dire à Théramène en parlant d'Hippolyte :

> .... Ses gardes affligés
> *Imitaient son silence* autour de lui rangés.

Ce qui signifie qu'ils se taisaient comme lui.

Au reste, cette autre phrase de Jean-Jacques lui-même, qui précède celle que nous avons citée, ne laisse aucun doute sur sa pensée, et prouve qu'elle est conforme à la nôtre : « C'est » un des grands avantages du musicien de pou- » voir *peindre* les choses qu'on ne saurait en-

» tendre, tandis qu'il est impossible au peintre
» de peindre celles qu'on ne saurait voir. » Il est
à regretter seulement que l'éloquent écrivain ait
choisi un point de départ aussi vicieux pour dire
des choses aussi justes.

Mais, avons-nous dit, il n'y a point d'expression possible sans passions. Rigoureusement
cela est vrai. Croit-on néanmoins que Steibelt
et Beethoven, l'un dans sa fameuse sonate de
l'orage, l'autre dans sa symphonie pastorale,
n'aient fait que de la musique d'imitation? Croit-
on que pour la conception et l'exécution de ces
tableaux sublimes, l'inspiration, l'expression ne
leur aient point été aussi utiles, aussi nécessaires, que s'ils avaient eu à peindre des sentimens tour à tour gais ou tristes, des passions
tour à tour tendres ou violentes? Ce serait nier
les rapports, les analogies de sentimens et de
passions, qui existent ou paraissent exister entre
les êtres et les choses : rapports, analogies convenues, reconnues de tous temps, comme le
prouvent ces figures allégoriques aussi vieilles
que le monde : une tempête *violente;* un vent,
un orage, un combat *furieux;* un fleuve *impétueux;* un silence *monotone, effrayant;* un
zéphyr *caressant, indiscret;* une campagne
riante, etc., etc.

Répétons-le donc sans crainte : *il n'y a point d'expression possible sans passions.* Or, l'imitation n'ayant nul besoin des unes, ne peut avoir aucun rapport avec l'autre.

L'expression est du domaine de l'art; l'imitation est même en dehors du métier. L'une est le résultat poétique, idéal, des inspirations d'une ame sensible ; l'autre n'est quelquefois que le produit matériel et vulgaire de moyens mécaniques.

Lorsque Beethoven, dans cette même symphonie pastorale dont nous parlions tout à l'heure, à l'aide d'instrumens à vent, tels que le hautbois, la clarinette, la flûte, *cherche à imiter* certains cris ou chants d'insectes et d'oiseaux, qui seuls rompent le silence de la campagne dans une chaude matinée d'été, il sort du domaine de l'art, mais il n'est point encore en dehors du métier : il ne fait qu'*outrer l'expression;* et de la part d'un musicien ordinaire, incapable de les racheter comme lui par des beautés sublimes, de tels enfantillages eussent mérité qu'on leur appliquât le vers d'Horace et qu'on les sifflât à outrance.

Mais lorsque M. Auber, dans *la Neige, imite* le bruit que peut faire la neige ou le grésil dans sa chute sur la terre, en frottant la chanterelle en *tremolo* avec le dos de l'archet ; lorsque Rossini, dans *Otello*, *imite* le sifflement du vent avec une toupie d'Allemagne ou je ne sais quelle autre manivelle, Rossini et M. Auber, non-seulement sortent du domaine de l'art, mais se jettent même en dehors du métier. Leur imitation toutefois n'est peut-être point encore, je suis prêt à en convenir, ce que devrait être l'*imitation*, dans le sens absolu du mot; mais comme on m'accordera sans peine que s'il eût existé des moyens plus sûrs, plus parfaits d'y arriver, deux hommes tels que Rossini et M. Auber, voulant tant faire que de *jouer à l'imitation*, les eussent infailliblement trouvés ou devinés, j'accepte celle qu'ils me donnent comme la plus *exacte* possible, comme l'équivalent de l'autre enfin. Puis, cherchant quelque motif plausible qui puisse leur faire pardonner de tels écarts aux yeux de l'homme de goût, je suis conduit à penser qu'ils n'ont eu d'autre but, en se les permettant, que de s'amuser aux dépens des niais toujours prêts à s'extasier sur tout ce qui, dans les arts, sort des moyens naturels.

Pour la troisième et dernière fois, *l'imitation n'est pas la musique.*

Je reprends ma discussion première, et je dis qu'on prouverait facilement par des exemples nombreux, pris dans tous les arts en général, que *le plaisir qu'ils font éprouver naît souvent de la réflexion.* Si l'on veut bien me prêter un moment d'attention, et la chose, à mon avis, en vaut la peine, j'essaierai de combattre madame de Staël, sur ce point, avec ses propres armes. Je ne me dissimule pas la témérité de l'entreprise; mais si l'on se pénètre bien de cette idée, que madame de Staël n'a parlé et n'a pu parler de l'art musical, dans ses rapports avec l'art dramatique, que théoriquement et comme en parlent les gens du monde, habitués à ne considérer la musique que comme un objet de délassement, on cessera de s'étonner que moi qui ai fait et qui ai dû faire de cette matière, pour en écrire, l'objet spécial de mes réflexions et de mes études, j'aie pu la concevoir et que j'ose la tenter.

Madame de Staël dit, au tome premier de *l'Allemagne,* à propos de poésie lyrique : *De beaux vers ne sont pas de la poésie.* Commençons par bien convenir d'une chose, c'est que la poésie fait partie de la famille des beaux-arts : si vous en doutiez, demandez plutôt au moindre poëtereau ; il vous répondra que de tous, c'est le plus beau.

Que pense-t-on maintenant qu'ait voulu dire

ici madame de Staël? Que des vers qui n'ont
pour tout mérite que celui d'être bien faits, ne
sont pas de la poésie : ceci me paraît incontestable. Mais si des vers bien faits ne sont pas de
la poésie, ne m'accordera-t-on pas que de la musique bien faite, de la peinture, de la sculpture
bien faites, ne sont pas de la poésie en sculpture,
en peinture et en musique? Car les poëtes eux-
mêmes n'ont pas la vanité, je pense, de croire
que la poésie soit le partage exclusif de l'art de
faire des vers. Mais, encore, si ce qui constitue ce
que l'on nomme *poésie* ne se trouve pas dans des
vers bien faits, dans de la musique, de la peinture, de la sculpture bien faites, où se trouve-
t-il donc? Dans des vers, sans doute, dans de la
musique, de la peinture, de la sculpture, renfermant une ou plusieurs idées poétiques, c'est-
à-dire nobles, élevées, sublimes, offrant avec
d'autres idées, nobles, élevées, sublimes, des
rapports plus ou moins directs, plus ou moins
éloignés. Or, pour la trouver cette poésie, pour
les saisir, les comprendre ces idées, pour les
embrasser dans tous les rapports qu'elles peuvent offrir avec d'autres idées, la réflexion n'est-
elle pas nécessaire? Si l'on me répondait non,
j'en serais désolé, je vous jure, pour le *qu'il
mourût* du vieil *Horace*, qui ne serait plus pour

7

moi que la réponse d'un boucher que lui aurait
prêtée notre grand et immortel Corneille.

J'aime les arts tout autant qu'un autre, et je
ne crois pas être un *de ces cœurs de glace fri-
cassés dans de la neige*, comme aurait pu dire
Ninon, *qui n'aiment pas beaucoup la musique
en elle-même*, et qui, *la sentant faiblement,
exigent qu'elle se conforme avec fidélité aux
moindres nuances des paroles* [1]. Il ne s'agit en
aucune façon de cela, et ce n'est point là, soyez-
en bien persuadés, ce n'est point à de semblables puérilités que je veux faire descendre l'art;
mais je dis que, quand le musicien rencontre par
bonheur dans son poëme *une situation musicale
présentée musicalement*, c'est-à-dire contrastée,
complexe, telles que celles d'*Admète et d'Iphigénie en Tauride* qui nous ont conduit à cette
discussion, ou telle enfin que celle du quatrième
acte des *Huguenots*, il ne doit pas craindre d'être
accusé de mettre trop d'esprit dans sa musique.
Je soutiens au contraire qu'il ne saurait trop en
mettre, et que le genre de plaisir qu'elle donnera, *bien qu'il naisse ici de la réflexion*, n'en
appartiendra que davantage *à la sphère mer-
veilleuse des arts.*

[1] *De l'Allemagne*, t. II.

Croyez-moi, au théâtre, une musique qui ne force pas quelquefois, non pas à rêver, mais bien à réfléchir, à penser, est une pauvre musique, ou plutôt n'est qu'une musique faite sur un pauvre poëme.

Je ne sais et je n'ai nulle envie de savoir comment on appelle tout ce dont nous causons depuis une heure ensemble, le lecteur et moi : si c'est de l'*esthétique*, de la *psychologie musicale* ou tout autre chose. On croit bien faire en faisant comme on a fait jusqu'ici, et l'on a peut-être raison; je crois, moi, qu'en faisant autrement, on ferait mieux, voilà tout. Je n'apporte dans tout ceci aucune autre prétention, j'en donne ma parole.

J'arrive enfin au style. Il me reste peu de chose à en dire, et l'on aura bientôt senti pourquoi.

Où doit résider *la véritable poésie dans le drame lyrique?* Les uns, et c'est le plus grand nombre, vous répondront: dans le style; d'autres, échos outrés d'un homme d'esprit qui a insisté avec raison dans ses feuilletons sur cette partie importante de l'art, soutiendront qu'elle est tout entière dans le rhythme du vers [1].

[1] Disons en passant notre opinion sur le rhythme poétique. On

7*

Il est incroyable, après tout ce qui a été écrit
de raisonnable, de juste sur cette matière, qu'il

en a trop généralisé l'importance, selon nous : le génie austère et re-
belle de notre langue, dont une inflexible clarté fait la beauté première, et son peu de sonorité, ne sont déjà que trop en opposition
avec les formes de la musique qui, pour certaines organisations déli-
cates et privilégiées, ont d'autant plus d'attraits et de magie, qu'elles
se rapprochent davantage des formes toutes aériennes, toutes vapo-
reuses de ce monde idéal qu'aime à créer autour d'elles une imagination rêveuse.

Oui, le rhythme poétique est nécessaire, indispensable même au
compositeur, lorsqu'il a des passions violentes à peindre, des masses à
faire mouvoir et parler. Non, il ne lui est point indispensable, nécessaire même, lorsqu'il n'a que des sentimens tendres et mélancoliques à exprimer.

Je le dis à ma honte, mais je n'ai jamais compris la grâce ni le
charme que *Solié* a pu croire ajouter à la mélodie de sa romance du
Secret, en l'ajustant sur trois ou quatr. aatrains aussi symétrique-
ment hachés que celui-ci, souvent cité comme modèle en ce genre :

> Je te perds, | fugiti | ve espérance,
> L'infidè | le a rompu | tous nos nœuds.
> Pour calmer, | s'il se peut, | ma souffrance,
> Oublions | que je fus | trop heureux.

Je plaindrais du fond de mon cœur celui qui me soutiendrait, après
l'avoir chanté ou entendu chanter, que l'air si touchant de *Polynice*,
au deuxième acte d'*OEdipe à Colonne*, eût gagné quoi que ce fût à
ce que ces vers de *Guillard* eussent été soumis au nivellement et à la
division du rhythme :

> Hélas! d'une si pure flamme
> Je sentais mon cœur embrasé :

puisse se rencontrer encore dans le monde des gens estimables, et dans les journaux même des hommes de lettres capables de soutenir que la musique ne peut se passer de beaux vers, et qu'il faut de toute nécessité appeler messieurs tels ou tels, habiles versificateurs, à l'opéra, pour régénérer le style du libretto.

Et moi aussi j'appelle de tous mes vœux M. Victor Hugo sur la scène lyrique; mais gardez-vous bien de croire que le motif qui m'y engage soit aussi puéril que le vôtre.

On vous l'a dit : *de beaux vers ne sont pas de la poésie.* J'appelle, non pas le versificateur,

Cet amour vertueux eût épuré mon ame :
Mais mon père.... mon père était-il appaisé !
    Je ne voulais que le voir et l'entendre;
Mes pleurs auraient coulé sur son sein attendri :
    De mes remords il n'eût pu se défendre;
Un père est toujours père, et je l'aurais fléchi.

Je ne sais si c'est là de la poésie poétique, mais je déclare d'avance et sans détour que je la trouve, moi, tellement musicale, qu'eût-on mille fois raison de soutenir qu'elle ne l'est pas et mille moyens de le prouver, je refuserais de me laisser convaincre, tant il m'en coûterait de voir détruire mon erreur.

Il ne faut abuser de rien, même des meilleures choses. Qui sait si l'abus du rhythme poétique, chez les librettistes en Italie, n'a pas conduit Rossini lui-même, que j'aime, que j'admire tout autant qu'un autre, à sacrifier quelquefois, sans le savoir, l'expression au rhythme musical ?

mais l'homme à tête poétique qui, se dégageant
de préoccupations politiques peu dignes de lui et
rentrant enfin franchement dans son atmosphère
de poésie, la seule qui lui convienne et la seule
où il puisse respirer à l'aise, consente d'abord à
descendre jusqu'aux détails du libretto et à s'ini-
tier aux mystères fort peu profonds du métier :
qu'après cela, dans les sujets passionnés, dans
les situations nobles, pathétiques, sublimes, dont
la création aura jailli de son poétique cerveau ou
du fond de son ame pleine de sensibilité, il prête
à ses personnages tels ou tels vers, telles ou
telles formules de sentimens convenues et ac-
ceptées, comme l'ont fait avant lui, comme le
font depuis cent ans tous les poëtes d'opéras,
qu'importe? Car il faut bien vous le persuader,
oui, c'est dans le sujet que doit résider la véritable poésie du drame lyrique; oui, c'est de la
poésie d'action, de situation, et non pas de paroles qu'il faut au compositeur. Que lui importe
à lui, si vos inventions portent toutes, comme
celles de certains faiseurs bien connus, l'em-
preinte de ce vernis bourgeois, le cachet indé-
lébile de ce prosaïsme anti-musical qui accusent
vos habitudes coupletières, et rappellent les
scènes vulgaires ou précieuses par la porte desquelles vous êtes arrivés sur celle des théâtres

lyriques, que lui importe, dis-je, que vous vous rompiez la tête pour exprimer dans un langage plus recherché, plus travaillé, plus poétique même, si vous voulez, des sentimens identiques à ceux que peuvent contenir ces hémistiches sans prétention, mais faciles à rendre en musique :

A peine je respire....
La force m'abandonne....
O moment plein de charmes...., etc., etc.

La chose par elle-même, dans le cas contraire, lui cause déjà tant de souci, et le résultat que vous obtiendriez de vos fatigues mérite tant la peine que vous vous les imposiez pour l'obtenir.

Ce que vous appelez *poésie*, qui n'est trop souvent que du boursoufflage, peut être nécessaire au style du drame parlé, dénué de cette magie que répand la musique sur tout ce qui s'allie à elle; *la vraie poésie du style du drame lyrique, c'est la musique.*

M. Jourdain aussi se donnait beaucoup de mal pour vaincre la difficulté que lui offrait la rédaction définitive de cette déclaration de ses sentimens à l'objet de ses feux : *Belle marquise, vos beaux yeux me font mourir d'amour.* Déclaration qu'il trouvait trop simple, trop naturelle, et à laquelle il voulait donner une forme plus nou-

velle et plus distinguée. On se rappelle combien
s'en inquiétait son professeur de philosophie, et
les moyens ingénieux qu'il lui indiquait pour y
parvenir.

On comprend maintenant pourquoi j'annon-
çais avoir peu de chose à dire du style. D'ailleurs, *la véritable poésie du drame lyrique* ne
pouvant résider que dans le sujet qui, pour être
poétique, doit reposer sur la peinture des passions ; d'un autre côté, *l'expression musicale* dé-
pendant de cette peinture des passions qui est la
condition indispensable de son existence, il s'ensuit que l'*expression en musique* et *la poésie
dans le drame* sont inséparables, et qu'en parlant de l'une je n'ai pu faire autrement que de
parler de l'autre; ce qui a dû nécessairement
abréger la tâche que je me suis imposée.

En effet, quand je donnais l'analyse de *la
Muette* et de *Gustave;* quand je faisais ressortir
le prosaïsme de tels ou tels personnages de ces
opéras ; quand j'opposais surtout l'analyse de
Montano et Stéphanie, de ce drame lyrique si
palpitant de poésie, non pas de style, mais ce
qui vaut bien mieux, d'action, de situations, à
celle des *Huguenots;* quand je comparais les
voies et moyens qu'ont suivis et employés les
deux auteurs pour arriver, sinon au même but,

du moins *à la même situation* formant *même nœud* dans les deux pièces; voies et moyens si différens entre eux : si simples, si clairs, si lyriques, si poétiques chez l'un; si..... *étranges* chez l'autre, ne laissais-je pas entrevoir assez clairement le cas que je faisais du style, et où je plaçais *la véritable poésie du drame lyrique?*

La pensée du musicien est le reflet de la pensée du poëte [1]. Le choix du sujet n'est donc point d'une importance aussi médiocre qu'on le suppose, car cette pensée ne peut être poétique si celle de son collaborateur ne l'est pas. Aussi, quand j'entends dire de la musique de tel ou tel opéra, *qu'elle est sans couleur,* comme le mot *couleur,* en musique, ne peut signifier que *poésie quelconque,* j'oserais parier, sans connaître l'ouvrage (à moins que le compositeur ne soit un homme sans talent), que le vrai coupable est le poëte.

Si je ne craignais d'être taxé d'exagération, je pousserais plus loin la conséquence, et je dirais que pour juger la partition d'un opéra, il suffit de lire la pièce.

---

[1] On conçoit qu'il ne peut être question ici que de la pensée générale du poëte, dans laquelle, selon moi, doit résider *la véritable poésie du drame,* et non de la pensée de détails.

— Tel sujet cependant n'a rien de poétique :
le compositeur n'en a pas moins trouvé, sur telle
situation, une inspiration admirable, sublime,
poétique. — C'est que la situation elle-même
s'est trouvée être belle et poétique. — Loin de là,
elle est ordinaire, commune. — Alors, soyez sûr
d'une chose : c'est que le compositeur aura tiré
tout simplement l'inspiration dont vous parlez de
son portefeuille, où il l'avait rangée un jour, pour
lui servir en temps et lieu, après l'avoir rencontrée comme on rencontre quelquefois, sans la
chercher, une belle pensée dont on fait en temps
et lieu un beau vers ou un beau tableau. Après
y avoir fait ajuster tant bien que mal des paroles
par le poëte, il l'aura ajustée à son tour à la sus-
dite situation, sans s'inquiéter si elle se trouvait
en harmonie avec la couleur du sujet de la pièce.

Proclamons, affirmons, soutenons donc cette
vérité, pour nous incontestable, *que l'idée fon-
damentale d'un drame lyrique est tout pour le
musicien;* qu'elle est, à elle seule, le flambeau
qui l'éclaire et le guide, la muse ou le vrai dé-
mon qui échauffe sa verve et lui souffle ses plus
belles inspirations. Oui, soyez-en bien convain-
cus, tout le génie du musicien est là, *dans l'idée
première du poëte.*

Que de pièces bien faites, bien écrites, bien

rimées, bien rhythmées, intéressantes même parfois, n'ont donné que de froides partitions! Pourquoi? parce que les sujets sur lesquels roulaient ces pièces manquaient de cette poésie d'action, de situations, nécessaire à la musique. Que m'importe que les drames lyriques de Sedaine soient en général mal écrits, quelquefois même mal construits, au dire des habiles! ses sujets sont toujours excellens, et pour le temps où ils furent mis en musique, ces drames étaient des chefs-d'œuvre. Les libretti italiens prouveraient encore mieux ce que j'avance: objets pour la plupart du mépris traditionnel des gens de lettres, ils n'en ont pas moins inspiré d'immortelles partitions. C'est qu'aussi ils ont le mérite spécial, fort peu apprécié sans doute, mais qui n'en est pas moins le plus réellement utile à la scène lyrique, de reposer tous sur une idée première (tragique ou bouffonne), toujours lyrique, et de renfermer tous une ou deux situations principales, pour lesquelles ils ont souvent même été composés [1].

[1] Cherubini, l'illustre Cherubini, dont je me reprocherais de n'avoir rien dit dans un écrit consacré à l'expression en musique, doit plus particulièrement sa haute et légitime renommée, dans le monde musical, à sa musique religieuse : c'est qu'il a trouvé dans les prières de l'Eglise comme dans leur objet, dans la prose même la plus

Je donnerais de grand cœur tout le bagage lyrique de tel ou tel auteur en vogue chez nous pour le seul libretto italien d'*Otello*.

Il a fallu tout le talent de M. Meyerbeer pour tirer parti, comme il l'a fait, d'un libretto tel que celui de *Robert le Diable*, dans les cinq actes duquel je ne compte qu'une situation vraiment musicale et vraiment *présentée musicalement*, celle du trio du cinquième acte. On peut affirmer, sans crainte d'être démenti, que la couleur seule du sujet, éminemment lyrique, soutient l'inspiration du musicien ; à moins cependant que les prétentions du poëte ne s'élèvent jusqu'à soutenir que c'est la poésie de son style.

Tout ceci, je le sais, donnera de fortes envies de rire à nos faiseurs de pièces pour qui, comme

simple comme dans les hymnes les plus sublimes, cette poésie du sujet, cette poésie de situation, pleine de ferveur, de conviction enthousiaste, avec laquelle sympathise son génie si poétiquement enthousiaste, et qu'il avait cherchée vainement dans la plupart des ouvrages dramatiques dont il a écrit la musique.

Un mot d'un virtuose, célèbre aussi dans son genre par son talent expressif et pur, donnera, s'il a été dit réellement, à ceux qui admirent les œuvres de Cherubini sur parole, faute d'occasions de les entendre, la mesure de l'admiration qu'ils peuvent sans crainte leur accorder. On lui demandait, à ce virtuose, lequel il préférait du *Requiem* de Mozart ou de celui de Cherubini : « J'aime trop Mozart, » répondit-il, pour établir une comparaison entre ces deux chefs-» d'œuvre. »

nous l'avons déjà dit, le point important est
avant tout de faire une pièce. Ils s'embarrassent
bien de la couleur de votre musique, à vous,
compositeurs! Vous leur demandez des sujets
revêtus d'une teinte de poésie quelconque qui
puisse se refléter, pour ainsi dire, sur vos accords ; des sujets passionnés enfin, sur lesquels
vous puissiez vous passionner aussi ; ils vous
donneront à peindre des amours de bas aloi, et
des conseils de ministres ou des bulletins de la
grande armée à mettre en musique. A la vérité,
comme il est convenu que tout cela est très-spirituel, vous pourrez faire là-dessus, comme di-
sent nos journalistes, *de la musique vive, légère,
spirituelle.*

Gluck avait l'habitude, disait-il, avant d'é-
crire une seule note de sa partition, de faire
pendant un an le tour de sa pièce pour s'identi-
fier avec la pensée du poëte, et se bien pénétrer
de la couleur de son sujet ; après quoi, disait-il
encore, il regardait son ouvrage comme fini.

J'aurais voulu le voir aux prises avec certains
poëmes de ma connaissance. Il eût été curieux,
par exemple, en admettant qu'il eût pu consentir
à en faire la musique, de connaître la quantité
et la qualité d'idées qu'une tête aussi poétique
que la sienne serait parvenue à recueillir pen-

dant ses promenades autour de l'opéra *historique*
de *Gustave*. Mais eût-il poussé le dévouement
jusqu'à mettre en musique toutes les belles
choses *historiques* même que l'auteur a fourrées
dans son libretto, que croyez-vous que l'immortel auteur d'*Armide*, du célèbre et magnifique
duo : *Aimons-nous, tout nous y convie !* chanté
dans les jardins parfumés de la séduisante magi-
cienne ; morceau si suave, si voluptueux, que le
noble vieillard se le reprochait souvent en riant
comme le seul péché de sa vie qui pût lui mériter
l'enfer, que croyez-vous, dis-je, qu'il eût répondu à l'homme de lettres qui serait venu lui
proposer d'en faire chanter un à peu près semblable sous un charnier ? Pouah !

Mais souvent, dans l'impossibilité où l'on est
de relever l'intrigue de la pièce, on cherche au
moins à donner au libretto un faux air de grandeur. Pour cela on profane les plus nobles, les
plus riches matériaux, en les y faisant entrer de
gré ou de force, et l'on croit avoir dissimulé le
prosaïsme du fonds sous la poésie des détails.
On oublie seulement que les plus belles choses
musicales ne sont réellement belles dans un
drame lyrique, qu'autant qu'elles ont de l'analogie avec ce qui les entoure. Ainsi, *la Juive*
s'ouvre par un *Te Deum :* il s'agit de célébrer la

victoire rempoi!éc par Léopold sur les Hussites.
Ce vainqueur des Hussites, ce héros de la pièce,
qui débute par un triomphe comme Licinius dans
la Vestale, comme lui sans doute va jouer un
rôle noble, poétique, lyrique enfin? Eh bien!
allez-y voir et vous m'en direz des nouvelles. Ce
Te Deum, cet exorde brillant, magnifique, so-
lennel, c'est un arc de triomphe qui débouche
dans un faubourg fangeux [1]. Est-ce là ce que
l'auteur entend nous donner pour des oppositions
ou des contrastes?

Alors aussi on a recours au luxe des oripeaux.
Mais qu'est-ce que prouve tout cet éclat de décors, de costumes, de cuirasses? etc., etc., etc.
Que quand on veut dépenser de l'argent, rien
n'est plus facile à faire, voilà tout. Donnez-moi
cinquante mille écus, je me charge de les em-
ployer, jusqu'au dernier sou, pour la remise en
scène de l'opéra le plus simple de l'ancien répertoire, d'*OEdipe à Colonne*.

---

[1] Sans prétendre m'en faire assurément un mérite, je dirai en passant que, dans une de mes douze esquisses, publiées en 1834 sous le
titre de *douze Libretti*, l'*Interdit*, sujet (j'ai la modestie de le croire)
tout aussi poétique, tout aussi musical, quoique beaucoup moins à
prétention que celui de *la Juive*, j'ai été plus hardi que l'auteur,
dont on vante beaucoup cependant la singulière hardiesse. Non seulement mon premier acte débute aussi par un *Te Deum*, mais l'intro-
duction du deuxième se compose du *Miserere* et du *De Profundis*.

Je sais bien qu'un compositeur ne peut qu'être flatté de voir jeter ainsi l'or à pleines mains pour monter l'ouvrage dont il a fait la musique; rien de plus naturel : ces prodigalités témoignent toujours, de la part d'une administration, une confiance que, sans trop d'amour-propre, il peut attribuer au mérite de sa partition. Quelques inconvéniens peuvent cependant en résulter pour lui. Il en est un surtout assez grave, selon moi, que je me permettrai de lui soumettre.

Il n'est pas donné à tout le monde de pouvoir supporter une contention d'esprit de quatre à cinq heures d'horloge qu'exige l'audition d'une partition en cinq actes : il faut pour cela être doué d'une organisation, je dirai même d'une constitution peu commune. Celui qui ne va à l'Opéra que pour voir pourrait certes assister sans peine, sans fatigue, à la représentation d'une demi-douzaine d'ouvrages de cette dimension qui se succéderaient à la file l'un de l'autre : si vous le lui permettiez, il coucherait dans la salle; il y passerait sa vie. Il en est autrement de celui qui y va pour écouter. Mais, dira-t-on, qui empêche d'aller entendre un ou deux actes un jour et le reste un autre jour? Si tous les artistes, si tous ceux qui aiment la musique dramatique pour elle-même avaient leurs entrées à l'A-

cadémie royale de Musique, ou bien, ce qui vaudrait encore mieux pour eux, étaient (suivant
l'expression consacrée) *affligés* de cinquante ou
soixante mille livres de rente, je comprendrais
ce raisonnement. Les choses dans ce monde
n'étant malheureusement pas organisées de telle
manière que ce soit ceux à qui souvent les arts
inspirent l'enthousiasme le plus pur, le plus
naïf, le plus désintéressé, qui puissent s'en procurer les jouissances, ne peut-il pas arriver que
le dilettante, que l'amateur sincère, éclairé (seul
juge, je le répète, dont l'artiste doive ambition-
ner le suffrage), venu pour écouter consciencieusement, distrait, étourdi, abasourdi, écrasé par
la magnificence, par le fracas de la pièce, ne
sorte sans avoir rien compris à la partition? Ne
peut-il pas arriver même, que se méprenant sur
la véritable cause de son inattention, il ne l'at-
tribue à la musique qui, selon lui, n'aurait pas
eu assez de mérite pour la vaincre? Ne peut-il
pas arriver enfin que, poussé par la mauvaise humeur, il n'attende pas la fin de l'ouvrage pour
quitter la salle, en jurant de ne pas y revenir?
tandis que quarante fois de suite, et toujours
avec un nouveau plaisir, il courrait à *Don Juan*,
à *Otello* ou à tel autre chef-d'œuvre, s'agit-il
même de les entendre massacrer par une troupe

de figurans, sur quatre tréteaux dans une grange.

Le moment est venu, je pense, d'aborder la question de genre dont plus haut j'ai promis de m'occuper. Il ne s'agit point ici de genre classique ni de genre romantique : le drame lyrique, quant aux unités de temps et de lieu, n'a rien à démêler avec Aristote; encore bien moins l'expression musicale. Il s'agit tout simplement de savoir, du genre purement *sérieux* ou du genre *mélangé*, quel est celui qui offre le plus de ressources à cette expression musicale. Le débat est donc tout entier entre la vieille tragédie lyrique et l'opéra que l'on a qualifié du nom d'*opéra de genre*, dans l'impossibilité où l'on se trouvait sans doute de lui en donner un véritable.

Un homme, non moins illustre comme écrivain que comme orateur, Benjamin Constant, dans la préface de sa traduction ou plutôt de son imitation de *Walstein*, tragédie de *Schiller*, fait observer que les Allemands peignent les caractères, et les Français seulement les passions :

« Pour peindre les caractères, dit à ce propos
» madame de Staël, il faut nécessairement s'é-
» carter du ton majestueux exclusivement admis
» dans la tragédie française; car il est impossible
» de faire connaitre les défauts et les qualités

» d'un homme, si ce n'est en le présentant sous
» divers rapports ; le vulgaire, dans la nature,
» se mêle souvent au sublime, et quelquefois en
» relève l'effet, etc., etc., etc. »

Ce peu de mots me semble trancher la question
qui nous occupe particulièrement.

Ayons encore recours ici à la forme de discussion la plus propre, par sa simplicité et sa con-
cision, à éclaircir toute espèce de questions : celle
des demandes et des réponses. Quand on parle
d'arts, la première condition que l'on doive s'imposer est de se faire comprendre. La théorie du
beau dans les arts est déjà si abstraite en elle-
même, que l'on ne saurait trop craindre de l'obs-
curcir encore. C'est ce qu'on oublie trop souvent. Aussi, voilà pourquoi nous voyons tant de
gens qui en raisonnent se jeter, sans s'en douter,
dans ce que l'on appelle le *galimathias double* :
c'est que pénétrés de ce qu'ils veulent dire, in-
telligibles pour eux seuls, ils ne pensent pas à
l'être pour les autres.

Quel est, avons-nous dit, le but vers lequel
doivent tendre les efforts du musicien ? — L'expression. — Pour qu'il puisse travailler à y atteindre, sur quels sujets doivent rouler de préférence les pièces ou poëmes qu'on lui donne à
mettre en musique ? — Sur des sujets qui tirent

8*

leurs effets de la peinture des passions. — A
quel genre, en ce cas, appartiendront ces sujets,
ou plutôt ces pièces ou poëmes? — Ils ne pourront appartenir qu'au genre purement sérieux.
— Pourquoi? — Madame de Staël, dont le sentiment sur cette matière doit être d'un grand
poids, puisque la première en France elle a prê-
ché l'insurrection contre notre vieux genre classique et prôné le genre romantique, madame de
Staël vient de dire, que *pour peindre les caractères, il faut nécessairement s'écarter du ton
majestueux exclusivement admis dans la tragédie française;* j'en conclus que pour peindre les
passions, il faut y rester.

J'ignore si ce raisonnement paraîtra péremp-
toire, mais je doute qu'on puisse répondre à celui-ci d'une manière raisonnable :

La musique est l'atmosphère au milieu de laquelle pensent, raisonnent et agissent les personnages du drame lyrique. Or, l'expression,
qui est l'ame de la musique, ne pouvant exister
elle-même sans passions, et ces passions, pour
être intéressantes, devant être nobles et poétiques, ne s'ensuit-il pas que les personnages du
drame qu'animeront ces passions devront penser, raisonner et agir noblement et poétiquement; et que par conséquent le drame auquel ils

appartiendront, ne pouvant appartenir qu'au
genre noble, poétique, appartiendra forcément
lui-même au genre sérieux, sans lequel il y a difficilement noblesse et poésie? Ne s'ensuit-il pas
également que ce genre noble, poétique, sérieux, devient en ce cas une nécessité du drame
lyrique d'expression, propre à le distinguer, sous
le rapport musical, de l'opéra de genre mélangé,
tout aussi bien que du drame parlé, sous le rapport dramatique [1]?

Il est certain qu'aujourd'hui rien ne distingue
pas plus le genre de l'Académie royale de Musique de celui de l'Opéra-Comique, que le genre
de ce dernier de celui du Gymnase ou du Vaudeville. Sans parler d'ouvrages tels que *le Phil-*
tre, *le comte Ory;* tels qu'*Actéon* surtout, qui
de la rue Pelletier suit sa Diane à la place de la
Bourse, et de grand-opéra qu'il était devient
opéra-comique : métamorphose qui n'intéresse

---

[1] Cette nécessité du drame lyrique d'expression d'appartenir au
genre noble, poétique, sérieux, n'oblige-t-elle pas le poète à choisir
ses sujets autre part que dans l'histoire contemporaine, avec laquelle
ce genre s'accorderait difficilement? On appréciera maintenant les raisons qui me faisaient douter que l'actualité de costume, même quand
elle s'allie à la poésie des sentimens, puisse jamais, dans aucun cas et
sous aucun rapport, convenir à la scène de l'Académie royale de
Musique.

nullement la pièce, qui est toujours ici ce qu'elle
eût été là, mais le libretto simplement, et contre
laquelle aucun artiste n'a élevé la voix ; dont il
n'a pas même été plus question' dans les journaux que de celle du malencontreux chasseur
dans l'ouvrage, qu'est-ce qui distingue *la Muette
de Portici, Gustave, Robert-le-Diable, les Huguenots*, de *Masaniello*, de *Lestocq*, du *Revenant*, du *Pré aux Clercs* ou de vingt autres ouvrages dont les noms ne me reviennent pas en
ce moment à la mémoire? — La richesse, l'éclat
des décors, des costumes et le nombre des exécutans. — Fort bien pour la pièce, mais quant
à la musique? je ne comprendrais guère, je vous
l'avoue, la différence qui pourrait exister entre
deux partitions, entre deux musiques, dont
l'une ne se distinguerait de l'autre que par *la richesse, l'éclat des décors et des costumes*. Au
reste, il est un moyen excellent de se bien fixer,
même sur la valeur de cette différence : c'est
d'aller voir jouer les ouvrages dont je parle dans
quelques-uns de nos départemens.

Je ne suis point homme de lettres; je n'appar-
tiens par conséquent à aucune coterie littéraire.
Je ne cause ici que de genre lyrique, de drame
lyrique, de libretto, de musique dramatique enfin, et de ce qui peut être le mieux à la conve-

nance de ces choses spéciales, dans l'intérêt desquelles je cherche la vérité, et dans l'intérêt
desquelles, personne n'en doutera je pense, je
la cherche de bonne foi.

Je le dis donc en toute conviction : c'est une
opinion fort erronée quoiqu'assez généralement
répandue, que celle qui soutient que la tragédie
lyrique (*opera seria* en Italie) n'a plus de chances
de succès en France. Je pose en fait que nous
reverrions toujours avec plaisir sur la scène de
l'Opéra, non-seulement la tragédie lyrique, mais
encore les Grecs et les Romains et jusqu'aux
Atrides même, oui, jusqu'à cette éternelle famille des Atrides dont on a dit si plaisamment :

> Race d'Agamemnon qui ne finit jamais!

pourvu toutefois (entendons-nous bien), pourvu
qu'on nous les présentât sous des formes lyriques, musicales, telles que je les comprends,
telles enfin que doit les comprendre tout homme
doué d'une imagination quelque peu poétique,
à qui l'alliance du drame et de la musique ne
peut présenter que des résultats poétiques. Je
n'en voudrais pas d'autre garantie que cet empressement avec lequel la foule se porte tous les
soirs au théâtre Favart, dont le répertoire ha-

bituel se compose aux trois quarts d'ouvrages
écrits sur des sujets rebattus au théâtre, et qui
appartiennent tous au genre sérieux. Je sais bien
qu'on va me répondre que ce n'est point aussi la
pièce qu'on va voir, mais la partition qu'on va
entendre, et que si notre Conservatoire nous
donnait de temps en temps quelque *Mozart* ou
quelque *Rossini*, il se pourrait que nous arri-
vassions sur ce point au degré d'indifférence où
en sont depuis si long-temps les Italiens. Je ré-
pondrai à mon tour que nous ne connaîtrons
jamais réellement nos ressources en fait de musiciens de génie, que lorsque nos hommes de
lettres voudront bien s'occuper un peu moins de
leurs pièces et un peu plus de leurs libretti ; que
tel compositeur a écrit toute sa vie sur des poëmes
ingrats où son génie n'a pas trouvé une seule
fois l'occasion de percer, qu'une heureuse rencontre suffit pour mener à l'immortalité; que
c'est à Sedaine que Monsigny dut de n'avoir pas
végété toute sa vie sur les théâtres de foire ; à
Sedaine qui, en entendant quelques-unes de ses
mélodies, le devinait et s'écriait : « Voilà mon
homme! » que c'est encore à Sedaine ainsi qu'à
Marmontel que Grétry dut ses plus belles inspirations, celles de *Richard* et de *Sylvain;* qu'a-
près tout enfin, c'est Durollet, Guillard et M. de

Jouy, tous trois auteurs français, qui ont peut-être fait connaître pour ce qu'ils étaient, pour des hommes de génie, Gluk, Sacchini et Spontini ; car on n'ignore pas que ce dernier surtout, qui avait déjà beaucoup écrit en Italie, n'en était pas moins à peu près inconnu en France avant *la Vestale* [1].

Ce ne sont donc point les compositeurs de génie qui manqueront en France, lorsque nos poëtes lyriques voudront bien se borner à peindre les passions sur la scène de l'Académie royale de Musique.

Soyez tour à tour sérieux et bouffon, si vous voulez, pourvu que vous vous en teniez strictement à cette peinture qui est déjà, ce me semble, une tâche assez large et assez belle. A dire vrai, je crois que cela vous sera difficile ; oui, je crois que pour remplir celle que vous vous serez imposée de faire rire et pleurer tour à tour, sans

---

[1] Quant à ceux qui me diraient qu'il nous faudrait aussi des chanteurs et des cantatrices, tels que Garcia, Rubini, mesdames Pasta, Malibran, etc., etc., etc., je leur demanderai s'ils croient bien sincèrement que Nourrit et mademoiselle Falcon, par exemple, ne possèdent pas, je ne dirai pas une facilité, une agilité de vocalisation qui tient moins à la nature qu'au système d'éducation première, mais une qualité, une sonorité d'organe, et surtout une chaleur d'ame au moins égale à celles de ces artistes italiens.

gâter votre sujet, vous vous verrez forcé d'avoir
recours à ce que j'appellerai le *comique de per-*
sonnage, à l'insipide bouffon, moyen froid et
usé de jeter par intervalles quelques éclairs d'une
gaieté épisodique dans toute espèce de drames
du genre pathétique; à moins que, plus hardi
ou plus aveugle peut-être, vous ne poussiez
l'ambition jusqu'à entreprendre de mêler le *co-*
mique de situation au pathétique du fond et
du dénouement de votre sujet. Alors, soyez-en
sûr, vous friserez malgré vous la peinture des
caractères : alors vous ferez des opéras qui, à la
rigueur, pourront être *historiques,* mais qui, je
vous le prédis, ne pouvant être ni franchement
pathétiques ni franchement comiques, ne met-
tront pas le diable au corps de votre musicien.
Vous trouveriez plus facilement et plus naturellement des accens passionnés, des situations pathétiques, dans un sujet dont le fond et le dénouement seraient du domaine de la comédie :
Molière, dans *le Malade imaginaire,* a placé
une scène qui arrache des larmes d'attendris-
sement [1].

---

[1] D'où vient cette différence? ne vient-elle pas de ce que les passions font, aussi bien que les qualités et les vices, partie du caractère
de l'homme? L'inverse n'existe pas : le caractère de l'homme ne fait
pas partie de ses passions.

Je le demande à tout homme de bonne foi, ne
ferait-il pas volontiers grâce à l'auteur des *Hu-*
guenots de ses trois premiers actes pour les
deux derniers, et surtout pour le quatrième?
Quant à moi, je voudrais de tout mon cœur qu'il
en fût autrement, mais je déclare que je me suis
surpris dix fois à me tordre la mâchoire pendant la durée de ces trois mortels actes. Ce n'est
qu'à partir du quatrième que la passion reprenant dans l'ouvrage la place qu'y avait usurpée
l'esprit, la comédie d'intrigue péniblement agen-
cée, le vaudeville, ou si l'on aime mieux, l'*opéra*
de genre mélangé, cesse, et le drame d'expression, simple, clair, noble, sérieux, la *tragédie*
lyrique enfin, commence.

Je le dis et l'on peut m'en croire : sans l'inconvenance du rôle de Valentine, mariée il y a
peu d'heures, et à qui, au sortir peut-être du lit
nuptial et des bras de son époux, l'auteur fait

Ceci établi, ne pourrait-on pas poser en règle générale qu'il n'y a
point de *comique de situation* possible dans un sujet roulant sur la
peinture des passions? qu'il n'y a de possible que *le comique de per-*
sonnage qui, comme je le disais à l'instant, répond au niais de l'ancien
mélodrame ou au grotesque du drame nouveau?

Je ne parle pas du *comique de paroles*, qui n'est vraiment comique que quand il nait de la situation. C'était ainsi que l'entendait
Molière.

chanter un duo d'amour avec Raoul ; inconvenance tellement anti-lyrique, anti-poétique, anti-
musicale, et tellement sentie par l'auteur lui-
même, que la situation en a souffert malgré lui,
ce quatrième acte pour moi serait un chef-d'œuvre. Cette situation, malgré son vice radical,
cette situation, toute passionnée, n'en a pas moins
inspiré cependant un beau duo à M. Meyerbeer :
qu'on juge de ce qu'il aurait pu faire si Valentine, libre de son cœur et de sa foi, eût pu répondre à la passion légitime de Raoul avec tout
l'abandon de la passion la plus pure!

Si, une fois pour toutes, on veut connaître à
fond ma pensée sur des productions telles que
celles dont nous parlions à l'instant, je dirai
sans détour, qu'en musique, je ne conçois rien
de plus souverainement ridicule, sous la calotte
des cieux, qu'un opéra historique [1].

Cessons, croyez-moi, de confondre les genres,
et tout n'en ira que mieux. Que le drame passionné, le drame d'expression ; que la tragédie

---

[1] Je me suis souvent demandé, sans pouvoir me répondre, quelle
espèce de mérite l'auteur de *Gustave* croyait avoir ajouté à son libretto,
en intitulant sa pièce *opéra historique*. Si nous avons la prétention
de faire ou croire faire de l'histoire à l'Opéra, est-ce aux Français
que nous ferons du drame lyrique? Messieurs les sociétaires, en ce
cas, ne sauraient trop se dépêcher d'apprendre la musique.

lyrique soit le partage exclusif de la scène de
l'Académie royale de Musique, et laissons au
théâtre de la Bourse l'opéra dit de genre, ou,
pour parler plus clairement, l'opéra de genre
mélangé, dit opéra comique ¹; à cette condition

---

¹ La commission du budget voulait supprimer l'augmentation de
subvention que le Ministre de l'Intérieur avait accordée à l'Opéra-
Comique, sous ce prétexte *que son directeur avait abandonné le genre
spécial de ce théâtre pour empiéter sur celui de l'Académie royale de
Musique, et qu'il ne fallait point l'encourager à suivre cette voie.*

Il est étonnant qu'il ne se soit trouvé personne à la Chambre, où
les hommes de lettres cependant et, ce qui vaut mieux ici, les amateurs de musique, dit-on, ne manquent pas, pour prier M. le rapporteur de donner l'explication de ses paroles : car, en vérité, plus j'y
réfléchis, moins je comprends quel sens raisonnable on pourrait leur
donner.

A-t-on voulu dire par là que l'Opéra-Comique ferait bien de s'en
tenir à des ouvrages de la taille et du genre de l'*Épreuve villageoise*,
de *Rose et Colas*, du *Prisonnier ou la Ressemblance*, de la *Vieille*,
de la *Marquise*, etc., etc. Mais voyez un peu, depuis le Gymnase
jusqu'aux Funambules, avec combien de théâtres il va se trouver en
rivalité; car le Vaudeville, cet enfant gâté auquel un directeur de
spectacle n'a jamais su fermer ses portes, a terriblement grandi depuis
trente ans, et, en grandissant, a terriblement élargi le cercle de ses
prétentions musicales : prétentions justifiées au reste, puisqu'elles
sont admises, encouragées même par le public qui, après tout, est
peut-être moins coupable qu'on ne pense de ne point sentir la différence qui existe entre telles pièces, tels chanteurs de ces théâtres et
telles pièces, tels chanteurs de l'Opéra-Comique. Ce n'est donc point
là, ce ne peut donc être là le parti que l'on voudrait voir prendre au
directeur de ce dernier théâtre. D'un autre côté, ce n'est pas d'aujour-
d'hui que l'Opéra-Comique donne des pièces à spectacle : pour n'en

toutefois que les hommes de lettres qui s'en oc-
cupent, le ramèneront à cette simplicité d'action

citer que quelques-unes, *le Petit Chaperon rouge*, *Cendrillon*, *Aline*,
reine de Golconde, qui date de 1798 ; *Richard Cœur-de-Lion*, de 1785,
et *Zémire et Azor*, de 1771, ont dû coûter autant pour leur mise en
scène aux administrations de leur temps que tel ouvrage de nos jours
à l'administration actuelle.

Si M. le rapporteur avait dit à la Chambre, que la commission
proposait de retrancher une somme quelconque de la subvention de
l'Académie royale de Musique pour en augmenter celle de l'Opéra-
Comique, afin de donner au directeur de ce dernier théâtre les moyens
de lutter avec celui du premier qui, chaque jour et de plus en plu , ,
empiète sur son genre, oh ! alors je le comprendrais, car il serait
dans le vrai.

Quoi ! vous voulez diminuer la subvention de l'Opéra-Comique !
Eh ! comment entendez-vous donc alors que le directeur s'y prenne
pour couvrir ses dépenses, lorsque cerné, pressé, harcelé de tous
côtés par les sept huitièmes des théâtres de la capitale qui, tous, à
l'envi l'un de l'autre, depuis le plus grand jusqu'au plus petit, enva-
hissent son domaine et s'arrachent ses dépouilles, il se voit forcé de
monter pièces sur pièces pour soutenir jusqu'au bout cette lutte ruineuse et désespérée ?

Et croyez-vous, par hasard, que la concurrence de l'Académie
royale de Musique ne soit pas aujourd'hui aussi redoutable pour lui
que celle des théâtres de vaudevilles ? Opéra comique pour opéra
comique, croyez-vous que l'amateur, tout aussi bien que le vulgaire,
n'aimera pas mieux aller là où il sera sûr d'entendre de bons chanteurs et un bon orchestre ? là où il sera sûr de voir mettre en œuvre,
sur une belle et vaste scène, d'immenses ressources en personnel et
en matériel pour le séduire ?

Faites mieux, supprimez toute la subvention, et laissez le théâtre
et son genre, dit *national*, devenir ce qu'ils pourront ; car c'est une
vérité triste à dire, mais qui n'en est pas moins une vérité : si l'Aca-

qui, autant que la couleur de leurs sujets, fait le mérite et le charme des drames lyriques de notre inimitable Sedaine [1].

Quant à des ouvrages tels que *Lestocq*, *Gustave*, et tant d'autres de même nature, où l'esprit tenant lieu de passions, l'intérêt d'action d'intérêt de sentiment, l'expression musicale n'a rien, par conséquent, et ne peut rien trouver à rendre, et qui ne sont propres enfin à inspirer au compositeur qu'une musique telle que cette musique *vive*, *légère*, *spirituelle*, dont je vous ai déjà dit un mot en passant, qu'ils soient exclus sans pitié de la scène lyrique et relégués, si l'on tient à en faire chanter les personnages, aux théâtres de vaudevilles, dignes et naturels héritiers de ceux où l'on jouait jadis *la comédie à ariettes*. Là, ils seront à leur place ; et qu'on ne s'y trompe pas, quant aux ressources dont ils peuvent être pour la musique, ils y trouveront

---

démie royale de Musique ne se hâte pas (dans ses propres intérêts même, j'en ai la conviction) de rentrer dans les limites véritables de son genre, elle fera éprouver à l'Opéra-Comique, quoi que vous fassiez pour le soutenir, le sort du vaudeville de Désaugiers que le vaudeville du Gymnase a écrasé.

[1] Quand on a dit avec raison de M. Planard, que je n'ai point l'honneur de connaître, même de vue, qu'il cherchait à se rapprocher de Sedaine, on lui a adressé le plus bel éloge qu'il pût recevoir.

des ouvrages qui les vaudront bien : n'est ce
pas une honte pour la France, de voir sur ces
scènes exiguës, des ouvrages quelquefois même
plus réellement lyriques que certains prétendus
ouvrages lyriques joués avec grand succès sur
nos théâtres lyriques?

Ces pauvres librettistes italiens dont on se
moque tant ne sont pourtant pas si bêtes. Cette
manie de tout juger par analogie, par points de
comparaison, rend souvent bien.... comiques
aussi nos jugeurs littéraires. Lorsqu'ils parlent
du libretto d'un opéra bouffe, par exemple, ne
dirait-on pas, en vérité, qu'il s'agit tout au plus
d'une loque propre à peine à prendre avec les
pincettes? Ils ne savent donc pas, nos jugeurs,
que ce n'est pas toujours de leur plein gré que
ces librettistes se jettent dans la charge et l'ex-
travagance? que c'est la musique qui les y force;
la musique qui, plus absolue que la politique,
n'admet point de *juste-milieu ;* la musique qui
veut tout l'un ou tout l'autre, rire ou pleurer ; la
musique enfin, qui n'est jamais plus expressive
que quand elle fond en larmes ou quand elle rit
à se tenir les côtes? S'imaginent-ils bonnement,
ces honnêtes et bons jugeurs, que ces librettistes
qui leur font tant pitié et qui cependant ne manquent généralement ni d'esprit ni d'instruction,

ne sauraient point aussi *faire une pièce*, un vaudeville, comme on en fait en France, si le vaudeville était du goût de leurs compatriotes? s'i-
maginent-ils qu'en Italie, si la mode en prenait
et y faisait naître aussi quelque homme remarquable en ce genre, il ne se trouverait point,
comme chez nous, des imitateurs en nombre au
moins égal à celui de nos auteurs qui, pour la
plupart, ne vivent que d'imitation? Les Italiens
passent cependant pour être doués d'un esprit
tout aussi délicat, tout aussi vif, tout aussi pé-
nétrant, tout aussi subtil que le nôtre.

J'ai prouvé plus haut qu'une situation musicale n'est autre chose qu'une situation dramatique. J'ai promis de répondre à la conclusion
suivante que l'on aurait pu tirer de ma démons-
tration : *qu'il suffit qu'un sujet renferme des situations dramatiques pour convenir à la scène
lyrique.* La distinction que je viens d'établir
entre la peinture des passions et celle des caractères, quant à la convenance de l'une ou de
l'autre en matière de genres dans le drame lyrique, rendra sur ce point, maintenant, ma réponse intelligible pour tout le monde.

Je dis donc que l'on risquerait fort de se
tromper, si l'on pensait que par la raison qu'un
sujet renferme des situations dramatiques, il peut

9

convenir à la scène lyrique, et voici pourquoi.
Un sujet dont l'intérêt ne reposera uniquement
que sur la peinture des caractères, pourra être
dramatique et renfermer par conséquent des
situations dramatiques; or, nous disions tout-à-
l'heure que l'expression étant le seul but vers
lequel doivent tendre tous les efforts du musicien, pour qu'il puisse travailler à y atteindre,
il lui faut des sujets dont l'intérêt repose uniquement sur la peinture des passions : n'est-il pas
évident, en ce cas, qu'un sujet qui ne tirera ses
effets que de celle des caractères ne pouvant lui
convenir, ne pourra convenir également à la
scène lyrique, quoique renfermant des situations dramatiques?

La crainte de passer pour un homme à idée
fixe, pour un radoteur même, ne m'empêchera
pas de répéter à satiété ce que je crois être la vérité : *Tenons-nous en strictement à la peinture
des passions et nous ne risquerons jamais de
nous tromper.*

En résumé, une grande, belle et noble mission était dévolue à celui que ses succès en tous
genres ont placé pour ainsi dire à la tête de nos
auteurs dramatiques. Cette mission était de
rendre à la musique dramatique française le rang
qu'elle occupait en Europe depuis Gluck jusqu'à

Spontini, en ramenant l'art dans la seule et véritable route, non-seulement du beau, mais du progrès, celle de l'expression. Pour la remplir consciencieusement et avec gloire, c'était moins par la hardiesse, par la nouveauté de ses sujets (si toutefois hardiesse et nouveauté il y a, car en définitive nous y avions vu des sabots et des cuirasses comme nous y avions entendu des couplets de toute espèce avant lui), que par leur noblesse, leur élévation, leur poésie; que par l'originalité de la coupe musicale de ses drames qu'il lui fallait faire révolution sur la scène de l'Académie royale de Musique. En transportant l'opéra comique, dit *opéra de genre*, sur notre première scène lyrique, il a voulu, dit-on, la rendre moins ennuyeuse : soit, mais il fallait aussi la rendre plus musicale; car, pour la dernière fois, l'ennui qui semblait attaché aux représentations des tragédies lyriques de notre ancien répertoire, tenait moins aux sujets et au genre de ces sujets, qu'à la coupe des livrets qui avait fini par ne plus être en rapport avec les progrès récens de l'art musical. Au lieu de cela, il n'a fait que nous enfoncer de plus en plus dans la confusion des genres [1], qui finira par les per-

[1] La nécessité d'un troisième théâtre lyrique est reconnue depuis

dre tous et les administrations théâtrales avec
eux. Il a bien entrevu parfois, néanmoins, qu'il
faisait fausse route, et parfois il s'est bien senti
malgré lui quelque velléité de revenir, non pas
aux Grecs et aux Romains (à Dieu ne plaise que
je pousse jamais l'audace jusqu'à supposer qu'il
ait pu en être capable un seul instant!) mais à ce
genre sérieux, à ce genre *rococo*, si l'on veut,
qui, tout *rococo* qu'il est, compris et traité
comme le comprennent et le traitent aujourd'hui
les librettistes italiens, n'en sera toujours pas
moins (mettons-nous bien cela là), le seul qui
convienne à la noble, large et belle musique dramatique, et par conséquent à la noble, large et
belle scène de l'Académie royale de Musique.

long-temps; mais cette nécessité se ferait sentir bien plus encore, si
l'administration de l'Académie royale de Musique s'obstinait à suivre
la route vicieuse et ruineuse où on l'entraîne. Il y a, entre le genre
de l'opéra actuel et celui de l'opéra comique du théâtre de la Bourse,
un genre qu'on peut appeler *mixte*, qui est le drame sérieux parlé et
chanté ou par mélodrame, tel par exemple que *Montano et Stéphanie*.
Ce genre qui en France serait peut-être le plus favorable à la musique d'expression, par la raison que, libre de ce fatras d'accessoires
chorégraphiques ou autres que l'on croit nécessaires dans nos opéras,
et qui les allongent d'une façon si démesurée, il pourrait, comme
l'*opera seria* des Italiens, lui appartenir tout entier, ce genre, dis-je,
remplacerait avec avantage la tragédie lyrique que l'administration
de l'Académie royale de Musique paraît décidée à abandonner sans
retour.

Mais ses inventions, toutes noires, toutes lamentables qu'il ait cherché à les rendre, nous ont prouvé, à n'en pouvoir douter, que sur cette scène, comme sur celle du Théâtre-Français, il serait toujours le très-habile, très-ingénieux, très-fin, très-spirituel et quelquefois très-hasardeux auteur du théâtre de la Bourse et du Gymnase, et rien autre chose. D'où je conclus que son organisation n'est point musicale et qu'il n'a point la tête lyrique ; d'où je conclus également qu'un jour viendra où l'on s'étonnera du succès de ses drames lyriques, non-seulement comme libretti, mais comme pièces, chez un peuple dont plus que tout autre il a contribué, sur des scènes de moindre dimension, à rendre le goût délicat et difficile. Si toute conviction profonde mérite des égards, il n'en fut jamais, je le jure, de plus respectable que la mienne.

Oui, n'en doutons pas, le jour n'est pas loin où toutes ces questions, que j'ai tâché avant tout d'exposer et de discuter le plus clairement possible, seront à la portée de tout le monde et finiront par être comprises : le goût de la musique, qui devient une nécessité de notre éducation et de nos mœurs, se répand dans toutes les classes et, en se répandant, s'éclaire et s'épure. Alors on sentira qu'il ne suffit pas de savoir habilement

filer une scène ou tourner un vers pour être en
état d'écrire un drame lyrique; qu'il faut, ce qui
vaut beaucoup mieux, que la nature nous ait
doué d'une organisation poétique et nous ait fait
musicien, en nous dotant de certaines cordes que
nous sentions vibrer dans notre ame aux accords
des Gluck, des Spontini, des Mozart et des
Beethoven. Alors, du sein de cette génération
qui s'avance, s'élanceront sans doute à leur tour,
dans la carrière, de jeunes athlètes qui, à une
sensibilité réelle joignant des connaissances musicales que je suis tenté de croire indispensables
au librettiste, rendront à la scène lyrique française la dignité, la noblesse qu'elle n'aurait jamais dû perdre; alors enfin, et seulement alors,
la musique dramatique, cette reine de toutes
les autres, reprenant son importance parmi
nous, forcera le pouvoir, qui l'a toujours né-
gligée, à s'occuper d'elle, à lui donner comme
aux autres arts les moyens de se produire, et
les musiciens, en général, sortiront de cet état
d'infériorité dont ils se plaignent et gémissent
avec raison.

Il ne tiendrait qu'à des hommes tels que messieurs Victor Hugo et Alexandre Dumas de hâter l'ouverture de cette ère nouvelle, en se char-
geant eux-mêmes de la noble tâche que je viens

d'indiquer ; car, eux aussi sont doués d'organisations poétiques ; eux aussi, s'ils ne possèdent
point, ce que j'ignore, ces connaissances musicales dont je parlais tout-à-l'heure, ont au moins
de la musique dans l'ame [1]. Ma voix, qui n'est
que celle d'un amateur, mais d'un amateur dé-
voré de l'amour d'un art qu'il voudrait voir traité
en France sur le même pied que la poésie et la
peinture, ma voix, dis-je, serait trop faible, sans
doute, pour fixer leur attention, ou trop peu éloquente pour vaincre en eux la répugnance et l'effroi qu'inspire à tout poëte véritable le mot de
libretto. Je me contenterai donc de leur dire,
qu'ainsi qu'il n'y a point de sot métier il n'y a
point de sot genre, et que, traité par des hommes de leur supériorité, celui-ci serait bientôt
réhabilité dans l'opinion ; qu'après tout enfin, ce
n'est point un terrain ingrat, stérile et indigne
d'eux que celui sur lequel je les appelle, car c'est

---

[1] Il est certain que l'homme doué par la nature d'une organisation
vraiment poétique peut se flatter avec raison, sans même avoir jamais
ouvert un solfège, d'être plus musicien que tel musicien dont tout le
mérite consiste à savoir souffler dans un bâton creux ou faire grin-
cer la chanterelle ; comme aussi, sans avoir mis *la main à la pâte,*
d'être plus peintre que tel badigeonneur qui ne rate jamais une
exposition.

celui de l'expression, qui puise ses effets dans la peinture des passions, source intarissable d'inspirations pour les poëtes comme pour les musiciens.

BEETHOVEN

Drame lyrique en un acte.

AVIS UTILE.

—

L'idée de faire de Beethoven le héros d'une pièce de théâtre, d'un drame lyrique même, aura semblé bizarre à tous les musiciens qui savent que ce compositeur si énergique, si passionné, si grand, si poétique dans ses œuvres, était, dans son intérieur comme dans ses relations sociales, l'homme du monde le plus simple et le plus doux ; hélas ! faudra-t-il ajouter, et le plus prosaïque ? Est-il vrai que ses inquiétudes sur l'avenir et ses appréhensions de la misère dans sa vieillesse l'aient fait descendre à ce soin, peu digne de lui, de solliciter en sa faveur et à titre de secours une souscription en Angleterre, pendant qu'il entassait dans quelque recoin secret de sa malle ou de son secrétaire des économies que l'on y a trouvées après sa mort !

Son existence d'homme n'offre d'ailleurs aucun de ces incidens piquans ou extraordinaires, si favorables au développement d'une action dramatique; il n'en est pas de même
de son existence d'artiste.

Un malheur, malheur affreux! le plus grand qui pût
accabler un musicien, et un musicien de la trempe de Beethoven, vint jeter le découragement, le désespoir, et jusqu'au dégoût de la vie dans son ame : *il devint sourd!*

Le cœur se serre à la pensée d'une telle situation : car
enfin le musicien, ou plutôt le compositeur qui perd l'ouie,
n'est-ce pas le peintre qui perd la vue, le poëte qui perd la
mémoire ou l'esprit? Beethoven sourd, c'est le Tasse imbé-
cille. Le premier, il est vrai, peut produire, peut écrire
encore; mais incapable désormais d'apprécier autrement que
de souvenir les effets de son art, mort aux sensations que
procure le sens qui lui manque, il reste, comme le second,
étranger à l'enthousiasme qu'inspirent ses créations sublimes.

Beethoven devenant sourd au moment si long-temps et
si ardemment désiré d'entendre exécuter l'œuvre qu'il affec-
tionne, qui lui a coûté le plus de peines, qu'il estime être
son chef-d'œuvre; au moment de jouir des applaudissemens
qu'il espère, dont il est sûr : espoir, assurance si naturels,
si légitimes, qui enivrent d'avance son cœur d'une joie et
d'un orgueil naïfs, telle est donc l'idée première de ce
drame. Idée peu féconde peut-être, mais, selon moi, poétique; désappointement cruel, mais dramatique; sujet enfin

empreint d'une certaine tristesse inévitable, mais non dénué d'intérêt.

Deux partis étaient à prendre pour le traiter, ce sujet, avec plus ou moins d'avantage. Le premier et le plus favorable à la musique, sans contredit, était d'en faire un bon et franc libretto d'opéra-bouffe, en représentant Beethoven tel qu'il est dans ses compositions, tel aussi qu'on a pu se le figurer souvent en les écoutant : ardent, impétueux, irascible ; en le travestissant, tranchons le mot, en espèce de *maestro di capella,* de *signor Fugantini*, qui, l'œil et le visage en feu, le poil hérissé et le bâton de mesure à la main, aurait sué sang et eau à diriger les répétitions de ses symphonies.

Ce parti est celui auquel tout poëte lyrique se fût arrêté sans doute; c'est celui qui, on doit le croire, aura été l'objet de ma préférence : car le lecteur trouverait passablement étrange, qu'après avoir rempli aux trois quarts un volume d'argumens propres à démontrer que la peinture des passions est la seule qui convienne à la musique dramatique, j'eusse fini par me jeter à mon tour dans celle des caractères. Il a donc le droit de s'attendre à trouver une grande connexité entre ce qu'il a lu et ce qui lui reste à lire.

Hâtons-nous de dissiper son erreur. Oui, je l'avoue à ma honte, je n'ai pas craint de me mettre en contradiction avec moi-même; moi aussi, j'ai fait un *opéra historique!*

Mais, va-t-on s'écrier aussitôt, le titre de votre publication

n'était donc qu'une supercherie, qu'un piége tendu à la bonne
foi et à la curiosité du lecteur? Le nom de *Beethoven*, dont
vous auriez abusé en le faisant servir de passe-port aux réflexions qui précèdent, le grand nom de *Beethoven* n'aurait
donc été pour vous que le prétexte de votre livre dont ces
réflexions étaient le but véritable?

Je ne chercherai point à nier la justesse de ce reproche.
Assurément mon titre eût été plus exact, si je l'avais rédigé
ainsi : *Quelques mots sur l'Expression en Musique et sur
la véritable poésie dans le Drame lyrique, suivis de Beethoven, drame lyrique en un acte :* je n'aurais point laissé
croire à une sorte d'homogénéité d'ensemble qui n'existe
point, à une application de principes théoriques à la prati-
que qui semblait la conséquence naturelle du titre que j'avais
adopté, application à laquelle, il faut bien l'avouer aussi, je
n'ai nullement songé [1].

Il est si difficile de se faire lire aujourd'hui, surtout quand
on traite de questions d'art, que l'on me pardonnera sans

[1] J'ai annoncé n'avoir d'autre but, en publiant ce livre, que de
rendre plus clair celui que je m'étais proposé en publiant mes *Douze
Libretti :* on ne trouvera pas étonnant que, pour l'application dont
nous parlons, je renvoie le lecteur à ce recueil, en tête duquel, j'en
conviendrai avec lui s'il veut, aurait figuré avec plus d'avantage et de
convenance tout ce que je viens de dire sur l'expression en musique
et sur la véritable poésie dans le drame lyrique.

douté le moyen que j'ai pris pour ramener l'attention sur
des vérités que l'on oublie et que j'ai cru nécessaire de
rappeler.

Au reste, le point qui, ce me semble, doit intéresser beaucoup plus les amis de l'art, et par conséquent les admirateurs
de celui qui en fut la gloire, est celui-ci : le rôle que je fais
jouer à Beethoven dans mon drame est-il au moins digne de
lui?

J'ai pensé, et chacun en y réfléchissant sera, je crois, de
mon avis, que pour mettre en scène un caractère aussi
noble, aussi pur que celui de Beethoven, il était indispensable avant tout de s'écarter le moins possible de la vérité;
que l'ouvrage d'ailleurs, dans lequel je voulais le faire
figurer, étant plutôt un cadre propre à intercaler certains
morceaux de *Fidelio,* un de ses chefs d'œuvre, qu'un drame
lyrique destiné à faire briller le talent d'un compositeur
quelconque, il valait mieux le peindre tel qu'il fut que tel
qu'il eût pu être; j'ai pensé enfin, qu'il fallait bien se donner garde surtout de le compromettre dans une intrigue
qui, quelque ingénieuse, quelque intéressante que je pourrais la rendre, resterait toujours au-dessous de celui qui nécessairement en devrait être le pivot. Aussi puis-je dire que
Beethoven, autour duquel se meuvent et s'agitent les personnages de celle-ci (si toutefois intrigue il y a), y remplit
un rôle sans le savoir, et y reste étranger à tout ce qui n'intéresse point son art. Ai-je évité par là l'écueil que je viens

de signaler? Je le souhaite de tout mon cœur : car je n'hésite
point à le dire, quelque grands que soient mon respect et
mon admiration pour Beethoven, soit homme, soit artiste,
ils n'effaceraient point à mes yeux le crime que je croirais
avoir à me reprocher, d'avoir pu affaiblir un seul instant, en
quoi que ce fût, dans cet hommage que j'ai voulu lui rendre,
le respect et l'admiration que tout homme, tout artiste doivent à sa mémoire.

BEETHOVEN

Drame lyrique en un acte.

10

PERSONNAGES.

BEETHOVEN,	*tenore.*
LE PRINCE DE LOBKOWITZ,	*tenore.*
FREMANN,	*basse.*
GALOPPO,	*basse.*
CHARLES, fils de Galoppo.	*tenore.*
MINNA, nièce de Beethoven.	*soprano.*
PETERS, valet de Fremann.	
Amis du Prince,	
Musiciens et Chanteurs,	
Valets.	

La scène se passe dans un faubourg de Vienne.

BEETHOVEN.

—

Ouverture de Fidelio.

—

Le théâtre représente un parterre de jardin. Quelques bancs et chaises rustiques; sur le devant de la scène, à gauche du spectateur, joli pavillon, avec fenêtre lui faisant face et fermée ainsi que la porte. Dans le pavillon, piano, chaise et petite table, avec tout ce qu'il faut pour écrire et livres çà et là.

—

SCÈNE PREMIÈRE.

INTRODUCTION.

MINNA, seule.

AIR.

Ah! qu'une ame tendre et pure,
Que consume vaine ardeur,
Au réveil de la nature
Doit de calme et de bonheur!

Mais quoi! si d'un père inflexible
Charles ne peut rien obtenir,
Mon sort, aujourd'hui si paisible,
Mon sort sera-t-il de gémir?
Ah! je le sens, j'aimerais mieux mourir!

Douce gaîté, jeunesse,
Vous ma seule richesse,
Que jamais la tristesse
Ne vous vienne flétrir.

Même alors que j'espère encore,
Je crains l'avenir que j'ignore :
S'il faut de celui que j'adore
Oublier jusqu'au souvenir,
   Mon sort sera-t-il de gémir?
Oui, je le sens, j'aimerais mieux mourir!

Douce gaîté, jeunesse,
Vous ma seule richesse,
Que jamais la tristesse
Ne vous vienne flétrir.

SCÈNE II.

MINNA, PETERS.

MINNA, vivement, et à part.

On vient, c'est lui.... mais non.... Que me veut
ce Peters?

PETERS, d'un air niais, mais goguenard.

Mamzelle Minna, y a là un grand et beau jeune
homme qui a demandé à parler à monsieur votre
oncle.

MINNA, vivement.

Monsieur Charles?

PETERS, la regardant en riant.

Tiens, vous savez son nom? (Minna détourne la tête avec impatience.) (A part.) On dirait un rendez-vous! hé! hé! (haut.) C'est ça même, mamzelle Mina, monsieur Charles.

MINNA, sans le regarder.

Eh bien! il faut le faire entrer.

PETERS.

C'est que j'vas vous dire, mamzelle Minna, mon maître m'a dit comme ça : « Quand on viendra demander monsieur Beethoven, tu répondras qu'il n'est pas visible; si on insiste, tu viendras me chercher. » Comme ce monsieur Charles a ajouté que si monsieur Beethoven n'était pas visible, il serait charmé de dire un mot à sa nièce, je viens vous demander, mamzelle Minna, s'il est nécessaire que j'aille chercher M. Fremann.

MINNA, vivement, mais sans le regarder.

Oh! il est inutile de déranger votre maître; dites à monsieur Charles que je le recevrai avec plaisir.

PETERS, toujours du même air.

C'est bien ce que j'avais pensé, mamzelle Minna; aussi, je n'ai pas voulu aller réveiller M. Fremann avant de vous avoir demandé votre avis. (A la cantonnade.) Par ici, M. Charles, par ici.

SCÈNE III.

MINNA, CHARLES.

(Peters reste un instant au fond de la scène; Charles voyant qu'il
ne se retire pas, salue Minna respectueusement en entrant et
s'approche d'elle avec embarras.)

CHARLES.

Mademoiselle.... mademoiselle... (Avec impatience en
montrant Peters.) Monsieur fait partie de votre société?..
(Peters sort.) Il faut convenir que voilà un valet bien
indiscret et surtout bien bavard! Que de peine, ma
chère Minna, pour arriver jusqu'à vous! Comme
vous me l'aviez conseillé dans votre lettre, j'ai dé-
buté par demander à parler à votre oncle : (Contrefaisant Peters.) « Monsieur Beethoven n'est pas visible.
— Alors je désire parler à sa nièce. — Monsieur,
mon maître m'a défendu de laisser parler à monsieur
Beethoven. — Aussi, n'est-ce point à lui, vous
dis-je, que je veux maintenant m'adresser, mais à sa
nièce. — Mais si vous parlez à sa nièce et que sa
nièce lui répète ce que vous lui aurez dit... » Enfin,
ma chère Minna, vous ne croiriez pas qu'il a fallu
me fâcher et l'envoyer à tous les diables, lui et sa
consigne, pour le déterminer à venir m'annoncer.
Eh! que signifient toutes ces précautions dont on
entoure ici votre oncle?

MINNA.

Je n'y comprends rien; depuis quinze jours que

je suis près de lui, je n'ai encore pu découvrir quel
est le genre de maladie qui l'a obligé à venir se relé-
guer dans ce faubourg, chez le docteur Fremann. A
toutes mes questions, M. Fremann lui-même ne répond rien, si ce n'est que l'état de mon oncle est
très-grave; qu'il faut éviter avec soin de lui parler
de musique et surtout de lui répondre quand il voudra causer de Fidelio.

CHARLES, vivement.

Quel est ce Fidelio?

MINNA.

Monsieur Fremann n'a pas voulu me le dire; mais
jugez combien tout ceci me gêne et me contrarie:
moi qui, en venant me fixer auprès de mon oncle,
m'étais flattée de recevoir de lui quelques leçons de
piano et de perfectionner mon éducation musicale.

CHARLES.

Que vous avez eu tort, Minna, de quitter Vienne
où il nous était si facile de nous voir chez ma cou-
sine, et cela sans me consulter, sans même m'en pré-
venir!

MINNA.

Que voulez-vous? mon oncle qui, tout-à-coup, il
y a six mois, avait disparu sans nous dire le lieu de
sa retraite, et nous avait laissés tout ce temps sans
nous donner une seule fois de ses nouvelles, écrivit,
il y a trois semaines à peu près, une longue lettre à
mon père, dans laquelle, après lui avoir fait un ta-

bleau des plus tristes de sa position, il ajoutait que
cette position changerait totalement de face si je voulais venir partager sa solitude. La tendresse que m'a
toujours témoignée mon oncle m'eût fait un devoir
de me rendre à cette invitation : celle que je lui ai
vouée m'en fit un plaisir. Mais jugez de ma surprise,
lorsqu'en arrivant ici où, d'après sa lettre, je m'attendais à le trouver méconnaissable, je le vis plein
de santé, fort, robuste, tel enfin que je ne l'avais
jamais vu.

CHARLES, tristement.

Je crains bien, ma chère Minna, d'être obligé de
renoncer au bonheur de vous voir aussi souvent que
je le désirerais.

MINNA.

Eh ! pourquoi donc?

CHARLES.

Cette difficulté d'arriver jusqu'à vous... cette surveillance incommode... et puis, je dois vous l'avouer,
la crainte de me rencontrer ici avec mon père.

MINNA.

Comment !... que voulez-vous dire?

CHARLES.

Oui ; lorsque je reçus avant-hier votre lettre qui
m'apprenait enfin ce que vous étiez devenue et où
je pourrais vous revoir, mon père depuis quelque
temps ne cessait de répéter qu'il donnerait beaucoup
pour savoir l'adresse de monsieur Beethoven. Ju-

geant à son langage, quoiqu'il refusât de me dire,
comme à son ordinaire, le motif qui la lui faisait si
impatiemment désirer, qu'il s'agissait pour votre oncle d'une affaire très-intéressante, je crus ne pas devoir lui faire un mystère de cette adresse que je ve-
nais de recevoir de vous, tout en refusant à mon
tour cependant de lui dire comment elle m'était parvenue.

MINNA.

Et mon oncle qui nous avait tant recommandé
dans sa lettre de ne la donner à personne! Mais au
moins avez-vous parlé à votre père comme vous m'a-
viez promis de le faire?

CHARLES.

Hélas! Minna, à mon peu d'empressement de vous
rendre sa réponse, vous avez dû penser qu'elle n'é-
tait point favorable. J'ai sondé une dernière fois hier
ses intentions au sujet de mon établissement; il m'a
signifié qu'il ne donnerait jamais son consentement
à un mariage pour moi, qu'autant que celle que je
lui proposerais pour belle-fille m'apporterait une dot
et des espérances au moins égales aux miennes.

MINNA.

Quel homme est-ce donc que monsieur Galoppo?..
Ah! que je voudrais être riche et que vous n'eussiez
rien du tout! Pauvre oncle, que je m'en voudrais de
t'avoir confié mes sentimens! aujourd'hui tu t'afflige-
rais plus que moi de voir mes espérances renversées.

CHARLES.

Chère Minna ! tout n'est pas perdu.

MINNA.

Pourquoi aussi n'avez-vous jamais voulu dire à votre père quelle est celle que vous désirez prendre pour épouse?

CHARLES.

Ah ! si vous le connaissiez !...

MINNA, vivement.

Parce qu'il a amassé de l'argent à vendre de la musique, pensez-vous qu'il dédaignât l'alliance de l'illustre Beethoven?

CHARLES.

Ah ! gardez-vous de croire, Minna, qu'il y ait chez lui d'autres raisons.....

MINNA, en souriant.

Que celles de l'intérêt, n'est-ce pas? Oui, je comprends, c'est une dot qui me manque, et vous craignez qu'aux yeux de votre père le titre de nièce de Beethoven ne puisse en tenir lieu. Eh bien ! M. Charles, que voulez-vous faire à cela?

CHARLES, avec tendresse.

Ce que je veux faire, Minna? vous aimer et attendre.

MINNA.

Je ne voudrais pas cependant que pour moi vous refusassiez quelque brillant parti.

CHARLES, vivement.

Qu'osez-vous dire, Minna! vous me déchirez le cœur.

MINNA.

Eh! si votre père vous en présentait un?

CHARLES, avec chaleur.

Mon père peut refuser son consentement à mon union avec celle que j'aime, je le respecte trop pour lui désobéir; mais me forcer à contracter d'autres nœuds, jamais!

MINNA.

Hélas! Charles, il ne m'est pas permis de vous répondre; un langage aussi généreux dans ma bouche serait sans mérite : vous êtes riche et je n'ai rien.

CHARLES, en lui prenant la main.

Chère Minna! espérons...

DUO.

Espérons, espérons encore;
Je le sens au fond de mon cœur,
L'espérance, c'est le bonheur;
D'un beau jour, Minna, c'est l'aurore.

MINNA.

Mais en lui cachant mon ennui,
Vous revoir à l'insu de mon oncle aujourd'hui,
Serait trahir sa confiance.

CHARLES.

Ah! gardez-vous bien avec lui,
Minna, de rompre le silence!

MINNA.

Et si rien ne peut désarmer
La volonté de votre père,
Charles, que prétendez-vous faire?

CHARLES.

Attendre, espérer, vous aimer!

Espérons, espérons encore ;
Je le sens au fond de mon cœur,
L'espérance, c'est le bonheur ;
D'un beau jour, Minna, c'est l'aurore.

ENSEMBLE.

Espérons, espérons encore, etc.

O transports ! jour prospère !
Quand deux cœurs sont d'accord,
Est-il rien sur la terre
Qu'ils redoutent du sort?

MINNA, vivement.

Mais j'aperçois mon oncle... Séparons-nous.

CHARLES, vivement.

Ah ! fuyons, évitons ses regards.

(Ils sortent.)

SCÈNE IV.

BEETHOVEN , un papier à la main et lisant.

« O vous [1] hommes qui me croyez haineux , in-
» traitable ou misanthrope , et qui me représentez
» comme tel, combien vous me faites tort! vous
» ignorez les raisons secrètes qui font que je vous
» parais ainsi. Dès mon enfance, j'étais porté de
» cœur et d'esprit au sentiment de la bienveillance ;
» j'éprouvais même le besoin de faire de belles ac-
» tions : mais songez que depuis deux ans je souffre
» d'un mal terrible qu'aggravent d'ignorans méde-
» cins; que, bercé de jour en jour par l'espoir d'une
» amélioration , j'en suis venu à la perspective d'être
» sans cesse sous l'influence d'un mal dont la guéri-
» son sera fort longue et peut-être impossible. Pen-
» sez que né avec un tempérament ardent, impé-
» tueux, capable de sentir les agrémens de la société,
» j'ai été obligé de m'en séparer et de mener une vie
» solitaire. Si quelquefois je voulais oublier mon in-
» firmité, oh! combien j'en étais durement puni par
» la triste et douloureuse épreuve de ma difficulté
» d'entendre! et cependant il m'était impossible de
» dire aux hommes : *Parlez plus haut, criez; je suis*
» *sourd.* Comment me résoudre à avouer la faiblesse
» d'un sens qui aurait dû être chez moi plus complet

[1] Traduction littérale du *Testament de Beethoven*, par M. Fétis.

» que chez tout autre! d'un sens que j'ai possédé
» dans l'état de perfection, et d'une perfection telle
» qu'elle s'est rencontrée chez peu d'hommes de
» mon art? — Non, je ne le pouvais pas. »

(Cessant de lire.)

Si Fremann m'avait dit, il y a six mois, lorsque
abattu, découragé, je vins me confier à ses soins :
« Dans six mois vous déchirerez ce testament et vous
en ferez un autre, » j'aurais refusé de le croire : tant
de promesses de guérison m'avaient été faites! promesses, hélas! tant de fois et si tôt déçues! Et pourtant, grâce à lui, à ces soins qu'il me prodigue, à
ces soins que je bénis, le monde aujourd'hui n'est
plus ce que naguère encore il était pour moi, une
affreuse solitude!

(Lisant.)

« En dépit des motifs qui m'éloignaient de la so-
» ciété, si je m'y laissais entraîner, de quel chagrin
» n'étais-je pas saisi quand à côté de moi quelqu'un
» entendait de loin une flûte et que je n'entendais
» rien; quand il entendait chanter un pâtre et que
» je n'entendais rien! »

(Cessant de lire, et avec ravissement.)

Aujourd'hui, le ramage des oiseaux charme mon
oreille; le murmure de ce ruisseau qui se perd sous
le gazon arrive jusqu'à moi; je distingue jusqu'au
souffle léger du zéphir qui berce mollement le feuil-
lage!

(Lisant.)

« Vous, mes frères, je vous nomme ici tous deux
» héritiers de ma petite fortune, si je puis l'appeler
» ainsi ; partagez-la loyalement, aimez-vous bien et
» soyez-vous mutuellement en aide. Recommandez
» la vertu à vos enfans ; c'est elle seule qui peut ren-
» dre heureux, non l'argent : je parle par expé-
» rience ; c'est elle qui m'a soutenu dans mon mal-
» heur ; c'est à elle, ainsi qu'à mon art, que je dois
» de n'avoir point fini mes jours par un suicide.... »

(Ployant vivement son papier.)

Et j'ai pu tracer ces lignes mélancoliques ! Décidé-
ment, je referai cet écrit. Ah ! qu'il me tarde de reprendre le cours de mes occupations, de mes travaux chéris ! Quand pourrai-je revoir mon *Fidelio*,
donner un dernier coup-d'œil à cet ouvrage qui doit
mettre le sceau à ma réputation, et qui sera, je l'espère, mon plus beau titre de gloire aux yeux de la
postérité !

(Il s'approche du pavillon, et se tient penché vers la fenêtre au
travers des vitraux de laquelle il semble dévorer sa partition du
regard.)

Fidelio ! mon cher Fidelio !

SCÈNE V.

BEETHOVEN, FREMANN.

(Fremann s'approche doucement de Beethoven et lui frappe
légèrement sur l'épaule.)

FREMANN.

Je vous y prends encore malgré ma défense.

BEETHOVEN, en se retournant et avec un sourire.

Que voulez-vous, mon cher docteur, c'est le faible d'un père pour son enfant chéri, et je me sens
si bien (en lui prenant la main), grâce à vous, mon bon
et sincère ami, que je ne comprends pas pourquoi
vous me tenez si long-temps séparé de lui.

FREMANN.

Patience, mon ami, patience.

BEETHOVEN, en soupirant.

Eh! oui, patience, c'est ce que vous me répétez
chaque jour (avec un sourire); c'est aussi ce que me ré-
pétaient vos confrères.

FREMANN.

J'ose me flatter du moins que, si nos ordonnances
se ressemblent, ce n'est point par le résultat que
nous en avons obtenu. Rappelez-vous votre situation, il y a six mois, lorsque vous vîntes vous jeter
dans mes bras : vous veniez d'achever votre *Fidelio*,
cet enfant chéri, dites-vous, après lequel vous sou-

pirez : enfant ingrat qui, aggravant un mal dont vous ressentiez déjà les atteintes funestes depuis deux ans, vous avait coûté la perte totale d'un sens si précieux pour vous! Vous ne pouvez l'avoir oublié ; un excès de travail avait déterminé chez vous une surdité telle que je ne pouvais communiquer avec vous que par signes ou par écrit. Eh bien! aujourd'hui nous pouvons causer de vive voix ensemble. Encore un peu de temps, et je vous garantis une guérison radicale. Laissez-moi vous diriger ; je vous demande une confiance absolue. Continuez le régime que je vous ai prescrit et prenez de la distraction. Allez, mon ami, allez faire votre promenade habituelle autour des glacis, et rapportez-nous de l'appétit pour déjeuner. Surtout pas d'imprudence! n'entrez point en ville où vous pourriez rencontrer quelque connaissance, et vous savez qu'il vous faut éviter encore les longues conversations.

(Beethoven serre la main de Fremann d'un air d'affection et sort.)

SCÈNE VI.

FREMANN, le regardant sortir.

Bon, excellent homme ! Ah! je ne demande au ciel pour tout prix de mes soins que de pouvoir le rendre à l'art dont il est le plus bel ornement! (Avec un sourire.) Mais c'est un enfant qu'il faut conduire, qu'il faut entourer de précautions et de surveillance.

11

(Allant au pavillon.) Je finirai par faire transporter ce piano et ces papiers dans un autre local; oui, car j'ai beau recommander qu'on ne lui parle jamais de musique, tant que son *Fidelio* ne sera pas hors de sa vue....

SCÈNE VII.

FREMANN, PETERS.

PETERS.

Monsieur, cet Italien, vous savez, ce baragoui-neur qui se dit marchand de musique, et qui est déjà venu plusieurs fois demander M. Beethoven depuis avant-hier....

FREMANN, vivement.

Eh bien?...

PETERS.

Eh bien, il est encore là.

FREMANN.

Heureusement Beethoven sort toujours par la grille du jardin; il n'aurait plus manqué qu'il se rencon-trât nez à nez avec lui. (A Peters.) Il faut toujours lui dire la même chose : « M. Beethoven n'est pas visi-ble. » Tu ne mentiras pas aujourd'hui, il vient de sortir.

PETERS.

C'est ce que je me suis tué de lui crier aux oreilles;

mais c'est un enragé d'homme qui ne veut rien entendre. Pour toute réponse, il m'a dit, en s'installant dans un fauteuil, qu'il ne s'en irait pas sans vous avoir parlé; et, tenez, il n'attend pas que je lui porte la vôtre, il vient la chercher lui-même.

FREMANN, avec impatience.

Au diable l'importun!

SCÈNE VIII.

FREMANN, GALOPPÒ.

GALOPPO, très-vite.

Perdono, perdono, Signor; zé souis désolé dé vi déranzer; ma vedete, zé avé oune affaire très-intéressante à proposer à monsou Beethoven. Vi êtes son ami, vi avez doumqué, zé pense, oun grand désir dé loui faire gagner dé l'arzent, perche vi savez qué les artistes, zénéralement, ils ont dou zénie, molto, ma.... (faisant signe de compter de l'argent) ma poco contanto.

FREMANN.

Monsieur, il est fâcheux que vous veniez dans un pareil moment; M. Beethoven ne peut pas vous recevoir.

GALOPPO.

Perdono, perdono, Signor; queste affaire elle est très-simple; eccola. Zé avé appris qué monsou Bee-

11*

thoven il est en train d'écrire oun opéra : moi, zé
souis marzand dé mousique ; zé viens loui offrir dé
traiter avé loui dé sa partizione.

FREMANN, froidement.

J'ai déjà eu l'honneur de vous dire que M. Beethoven est dans l'impossibilité de vous recevoir ;
plus tard....

GALOPPO, vivement.

Plous tard ! plous tard il séra pout-être trop tard ;
l'opéra il séra pout-être vendou à oun confrère. Quel
est lé titré, savez-vous ?

FREMANN, avec impatience.

Non, Monsieur.

GALOPPO, à part.

Voilà oun homme bien tacitourne ! Est-ce qu'il ven-
drait dé la mousique aussi, par hasard ? Zé lé sour-
veillerai. (Haut.) Il faut assoloument qué zé parle à
monsou Beethoven.

(Il va pour sortir.)

FREMANN, lui barrant le passage.

Monsieur, cela ne se peut pas.

GALOPPO.

Eh ! perche, s'il vous plaît ?

FREMANN.

Parce que.... cela est impossible.

GALOPPO, s'échauffant.

Eh ! perche encore ?

FREMANN, vivement.

Eh bien ! parce qu'il est très-malade.

GALOPPO.

Bah ! malade !... malade comme moi ! on lé rencontre tous les zours en bonne santé ; même qu'il veut zamais donner son adresse. Z'aurais bien sou l'avoir malgré loui, moi, si zé m'étais trouvé oumé fois face à face avé loui : quand z'aurais dou lé souivre touté l'année. (Feignant de sortir.) E bene, pouisqu'il est malade, il doit être au lit. Zé vais lé voir ; zé avé qu'oun pétit mot à loui dire.

FREMANN, l'arrêtant et à part.

Maudit homme ! (Haut.) Encore une fois, Monsieur, vous n'entrerez pas.

GALOPPO, tirant Fremann qui le tient par l'habit.

Z'entrerai.

FREMANN.

M. Beethoven est avec quelqu'un.

GALOPPO, avec inquiétude en s'arrêtant.

Avé quelqu'oun?...

FREMANN.

Oui, Monsieur ; en affaires.

GALOPPO.

En affaires ! avec oun marzand dé mousiqué peutêtre?..... (Fremann hausse les épaules avec impatience) E bene, zé vais attendre.

FRÉMANN.

A votre aise. (A part en sortant.) Je saurai bien t'empêcher de le rejoindre.

SCÈNE IX.

GALOPPO, en le regardant sortir.

Cet homme il n'est pas l'ami de Beethoven ; z'engazerai Beethoven à sé méfier dé loui. Né dirait-on pas qué zé vénais loui proposer ouné mauvaise affaire ? Comme si les compositours ils en faisaient zamais dé mauvaises ! nos magazins ils sont là per prover qué malgré lé perfézionément dé l'indoustrie et les ressources d'oun zénie inventif, les marzands dé mousique ils n'en font pas touzours dé bonnes. Ils sont bien houroux ces artistes qué nous vénions les trouver ! Sans nous qué féraient-ils dé leurs œuvres ? Ils né manzéraient pas avec dou macaroni tous les zours.

AIR.

Oui, sans les marzands dé mousique,
Tel compositour qui sé pique
D'avoir oun talent magnifique
Attendrait les chalands
Long-temps.

Ma c'est à nous autres marzands
Qu'il en faut dou talent
Vraiment !

On met en variazions,
Capricés, brillantés folies,
Rondos, quouadrillés, fantaisies,
Les piou minces partizious.
Et pour cette opérazion :
Ouvertoure, introdouzion,
Air, douo, chœur ou ritournelle,
Solo dé cor, violonchelle,
Clarinetté, flouté, basson,
A notré scalpel rien n'échappe :
Notré dévise est rien de trop.
Ma c'est surtout sour lé galop
Qué maintenant on sé ratrappe !

(L'orchestre donne un train de galop.)

Zé né sais quellé mouce pique
L'espèce houmaine en tout pays,
Répoublicain ou monarzique,
Ma l'on galoppe en Amérique
Aussi bien qu'à Londre, à Paris.

(Galoppo danse quelques mesures de galop.)

Grâce à cette indoustrie ounique,
Nos artistes donc sont houreux ;
Zousqu'au zour pourtant, zé m'esplique,
Qué z'appelle dé tous mes vœux,
Où l'on pourra sé passer d'eux
Avé les marzands de mouzique :
E bene! on né lé croira pas,
Ils trouvent mauvais, les ingrats !
Qué, pour rentrer dans nos avances,
On les esploite en contrédanses !
Eh! n'est-cé pas à vous, ingrats!

Ainsi qu'aux auteurs d'opéras,
N'est-ce pas à vous qu'est la faute?
Car enfin, vous sautez, on saute;
Chantez, chantez, on chantéra!

C'est ouné criante inzoustice
Qui peut nous porter prézoudice,
Dé nous accouser dé malice
Quand chacun ici conviendra,

Qué, sans les marzauds dé mousique,
Tel compositour qui sé pique
D'avoir oun talent magnifique
Attendrait les chalands
Long-temps.

(A la fin de son air, Galoppo va s'asseoir sur un des côtés
de la scène.)

SCÈNE X.

GALOPPO, FREMANN.

FREMANN, sa montre à la main en entrant et sans voir Galoppo.

Voilà qui est singulier! lui qui d'ordinaire est si
exact.... J'ai eu raison de prendre un à-compte.
(Apercevant Galoppo.) Encore cet Italien!... Diable!
il faut pourtant que je m'en débarrasse... car il se
pourrait que malgré toutes mes mesures.... (A Galoppo
en allant à lui.) Je vous fais mon compliment, Monsieur,
vous avez de la patience; mais il vous en faudra

encore beaucoup pour attendre M. Beethoven qui
vient de sortir.

GALOPPO, en se levant brusquement.

Sortir!

FREMANN.

A l'instant même et sans dire à quelle heure il
rentrerait.

GALOPPO, avec colère.

Sortir!... non è vero... Zé lé croirai quand monsou Beethoven il mé l'aura dit loui-même.

FREMANN, en riant.

Allez, allez, Monsieur...

GALOPPO, en toisant Fremann d'un œil courroucé.

Et il était malade, disiez-vous!... (Il va pour sortir;
tout-à-coup, à part en se ravisant:) Cé mauvais carabin, zé
gaze, il tient Beethoven sous clef. (En faisant de gros
yeux à Fremann qui le regarde en riant et toujours à part.) Zé
té zourai oun tour à toi: oui, zé vas mettre quelqu'oun en fazion dévant ta porte, qui viendra m'a-
vertir quand tou séras sorti. (En passant devant Fremann
le chapeau sur la tête et en le regardant fièrement.) Servitour!

(Il sort en faisant toujours de gros yeux à Fremann qui le suit des
yeux en riant.)

SCÈNE XI.

FREMANN.

Plaisant original! Si ce n'était l'état de santé de mon pauvre Beethoven qui demande encore tant de ménagemens, j'aimerais à le recevoir; il m'amuserait.

SCÈNE XII.

FREMANN, MINNA.

MINNA, en entrant.

Ne vous impatientez pas, monsieur Fremann, voici mon oncle; mais il n'est pas seul.

FREMANN, à part, vivement.

Ah! mon Dieu! est-ce que ce marchand de musique, par hasard...

MINNA.

Je viens de le voir descendre d'une belle voiture, avec un jeune homme, à la grille du jardin.

FREMANN, à part.

J'en suis quitte pour la peur. (Haut.) Par précaution, ma chère Minna, veuillez dire à ma vieille gouvernante de mettre un couvert de plus.

MINNA, en sortant.

Oh ! il est inutile de la faire descendre ; je vais le mettre moi-même.

(Elle sort.)

SCÈNE XIII.

FREMANN, regardant dans la coulisse.

Les traits de ce jeune homme ne me sont pas inconnus : non, je ne me trompe pas, c'est le prince de Lobkowitz.

SCÈNE XIV.

FREMANN, LE PRINCE, BEETHOVEN.

LE PRINCE, en entrant.

J'ai beaucoup d'excuses à vous faire, monsieur Fremann : c'est moi qui suis cause du retard de notre ami Beethoven. L'ayant rencontré, par le plus grand des hasards, en revenant de la campagne, j'ai exigé qu'il montât dans ma voiture et qu'il vînt déjeuner avec moi. Si quelques ordres que j'avais à donner n'eussent point réclamé sur-le-champ ma présence à mon hôtel, je me serais fait un sincère plaisir, en le ramenant droit ici, de venir sans façon vous demander une place à votre table.

FREMANN.

Je regrette, monsieur le Prince, que vos affaires ne vous l'aient pas permis : votre couvert est déjà mis.

LE PRINCE, vivement.

Eh! quoi, docteur, auriez-vous attendu jusqu'ici?.. En vérité, je suis confus...

FREMANN, en riant.

Oh! je me suis précautionné ; je puis prendre patience maintenant.

LE PRINCE, en prenant la main de Beethoven.

Ce bon et cher Beethoven, il y avait si long-temps que j'étais privé du plaisir de le voir! Depuis six mois qu'il est venu s'exiler dans ce faubourg, il a eu la cruauté de ne pas nous donner une seule fois de ses nouvelles, et de nous laisser ignorer complète-ment le lieu de sa retraite! Aussi, depuis six mois, à la cour, à la ville, où l'on se plaignait déjà souvent de ne lui plus voir faire que de si rares et si courtes apparitions, chacun se demande : « Mais qu'est donc devenu Beethoven? » Quant à moi, s'il faut vous l'a-vouer, mon cher ami, le sort de Fidelio ne m'inquié-tait pas moins.

FREMANN, à part, en fronçant le sourcil.

Encore Fidelio!

LE PRINCE.

Oui, je me demandais aussi quelquefois, moi qui savais que cette partition devait être achevée, je me

demandais comment il se pouvait que vous missiez
si peu d'empressement à nous la faire entendre, et à
vous procurer cette jouissance bien naturelle, bien
légitime, d'entendre vous-même exécuter l'ouvrage
que vous affectionnez le plus, que vous m'avez dit
souvent devoir être votre chef-d'œuvre, de le juger,
de le comparer à vos autres ouvrages, et de voir
enfin la foule enivrée vous entourer des témoignages
de son admiration et de son enthousiasme. Mais
c'est qu'en vérité, mon cher Beethoven, plus j'y réfléchis, plus je trouve cela inconcevable. Savez-vous
bien qu'il n'a fallu rien moins que la partie que nous
avons arrangée ensemble pour me raccommoder
avec vous?

FREMANN, regardant Beethoven qui détourne la tête.

Une partie?...

LE PRINCE.

Oui, docteur, et si vous voulez en être, elle sera
complète; ma voiture est là, je vous emmène tous
deux, c'est-à-dire tous trois : j'oubliais le héros de
la fête, notre ami Fidelio, avec qui nous faisons
connaissance ce soir, à mon hôtel, où je réunis tout
ce que Vienne offre de connaisseurs éclairés et de
sincères amateurs.

FREMANN.

Je vous remercie pour mon compte, monsieur le
Prince; il m'est impossible d'accepter votre aimable
invitation. Je doute que Monsieur le puisse davantage.

LE PRINCE, vivement.

Oh! c'est une affaire arrangée; Beethoven ne me quitte pas de la journée.

FREMANN, les yeux toujours fixés sur Beethoven qui évite toujours ses regards.

Mais... est-ce que Monsieur a pris avec vous quelque engagement?...

LE PRINCE, vivement.

Oui, certes, j'ai sa promesse.

FREMANN.

Ah! Monsieur a promis!...

LE PRINCE.

Il l'a bien fallu; s'il avait persisté à me refuser, nous étions brouillés à mort.

FREMANN.

Il est fâcheux cependant qu'avant de promettre, Monsieur ne se soit pas rappelé qu'il lui serait difficile de tenir sa promesse.

LE PRINCE.

Eh! pourquoi donc, docteur?

FREMANN.

Monsieur n'ignore pas que l'état de sa santé lui rend toute espèce de dérangemens pénibles et dangereux.

LE PRINCE, avec un éclat de rire.

L'état de sa santé!... ah! ah! ah! oui, c'est ce qu'il me disait aussi. Eh! quel est donc, cher docteur, le

genre de maladie de notre pauvre ami? A voir le
visage qu'elle lui laisse, elle donnerait envie de faire
connaissance avec elle, ne fût-ce que pour se mieux
porter !

FREMANN, bas à Beethoven.

Voulez-vous que je lui dise de quoi il s'agit ?

BEETHOVEN, vivement et bas à Fremann.

Ah ! gardez-vous-en bien !

FREMANN, au Prince.

Je vous le répète, monsieur le Prince, j'ai la conviction, oui, j'ai même, je dois vous le dire, la certi-
tude, que Monsieur ne pourra pas se rendre à votre
invitation.

LE PRINCE.

Et moi, docteur, je vous répète que j'ai la certi-
tude du contraire : je lui défie de ne pas s'y rendre,
je l'emmène. (A Beethoven.) Ah ! ça, mais vous, mon
cher ami, vous êtes là qui ne desserrez pas les dents...
m'avez vous promis? voyons...

BEETHOVEN, avec embarras.

Il est vrai que... je vous ai répondu que... peut-
être...

LE PRINCE, avec vivacité.

Oh ! il n'y a pas de peut-être....Que diable ! nous
ne sommes pas des enfans ! vous m'avez promis....
D'ailleurs, vous le savez, mes invitations sont faites
et envoyées, mon orchestre, mes chanteurs sont

prévenus ; il n'y a plus à reculer. Allons, partons...
où est Fidelio?

(Béethoven , sans bouger de sa place , et les yeux tantôt sur le
    Prince qui se promène à grands pas d'un air préoccupé, tantôt
    sur Fremann dont le silence, la figure impassible et le re-
    gard fixe redoublent son embarras, semble ne savoir quel parti
    prendre.)

LE PRINCE , brusquement.

Eh bien ! qu'est-ce que vous faites donc là comme
un automate? est-ce que vous jouez la pantomime !

BEETHOVEN.

Je pensais, monsieur le Prince, que si vous vouliez
toujours prendre l'avance, je....

LE PRINCE.

Non pas , non pas!... je ne vous quitte pas plus
que votre ombre.

BEETHOVEN.

C'est qu'en vérité, monsieur le Prince...

LE PRINCE , d'un air toujours préoccupé.

Eh bien ! où est Fidelio? voyons donc...

BEETHOVEN.

Je ne sais... je... je n'ai pas la clef...

LE PRINCE , avec un geste d'impatience et paraissant toujours
réfléchir.

Eh !... la clef... il semble, en vérité, que tout cons-
pire... (Après un moment de silence.) Écoutez... tenez...
oui... oui... cela se peut... cela peut s'arranger...
ce moyen conciliera tout... (Avec gaieté, en s'approchant
de Fremann.) Mon cher monsieur Fremann, vous crai-

gnez pour notre ami Beethoven, le dérangement,
la fatigue, le changement d'air, que sais-je?... Eh
bien! moi, je veux lui éviter tous ces inconvéniens; car s'il est réellement aussi malade que vous
le dites, je me reprocherais toute ma vie d'avoir pu
retarder d'un seul instant son entier rétablissement.
Il devait venir chez moi : quoi qu'il en dise, c'était
une chose positivement convenue et arrêtée entre
nous; j'ajouterai même que c'est sans beaucoup de
peine que je l'y avais fait consentir, tant l'idée d'entendre son Fidelio lui avait souri. (A Beethoven qui fait
un signe de tête négatif à Fremann.) Oui, oui, mon cher
ami, il est inutile de me démentir; vous avez beau
faire des signes comme cela à Monsieur, je vous répète que quand je vous offris de faire essayer votre
partition chez moi, il ne vous fut pas possible de
dissimuler votre joie. J'ai de la mémoire, voyez-
vous, j'en ai pour vous et pour moi. Eh bien! docteur, ce n'est plus lui maintenant qui viendra chez
moi, c'est moi qui veux venir chez lui ou plutôt
chez vous.

FREMANN, à part avec humeur,

Diable de jeune homme!

BEETHOVEN, à part avec joie.

Je respire!... (Haut.) Quoi, monsieur le prince...

LE PRINCE, à Fremann.

Vous n'avez plus rien à répondre, j'espère.

12

BEETHOVEN, sans chercher à cacher sa joie.

Vous consentiriez à vous donner tous ces embarras?

LE PRINCE.

Je me charge de tout; laissez-moi faire; surtout ne vous tourmentez pas, ne vous mêlez de rien.

FREMANN, bas à Beethoven et rapidement en s'approchant de lui.

Vous ne le laisserez pas partir, j'espère, sans lui avoir dit que ce projet ne vaut pas mieux que l'autre.

BEETHOVEN. bas à Fremann, en le regardant d'un air étonné.

Comment?...

LE PRINCE.

Voilà qui est arrêté : j'emballe ce soir chanteurs et musiciens qui viennent d'avance disposer leur orchestre, et lorsque tous mes spectateurs sont réunis chez moi, je les fais remonter en voiture et nous venons ici (regardant autour de lui), sur ce gazon même, oui, à la fraîcheur d'une nuit silencieuse, à la clarté des étoiles... et des bougies, savourer à longs traits le doux nectar de votre céleste harmonie!

TRIO.

Ah! le projet charmant!
Voyez, voyez d'ici le tableau ravissant!

Sous la voûte étoilée
Qu'inondent vos accords,

Jouissez des transports
De la foule assemblée.
De vos nobles travaux
Confidente, interprète,
Elle acquitte sa dette
En milliers de bravos!

Voyez comme à votre art
La beauté s'abandonne,
Payant d'un doux regard
Le plaisir qu'il lui donne.
Mais pour vous quel beau jour!
A ce délire extrême,
C'est l'orchestre lui-même
Qui se livre à son tour :
Cédant à la tempête,
Tout-à coup il s'arrête,
Il s'émeut, perd la tête,
Et pour mieux applaudir,
Laissant là cors, trompettes,
Violons, clarinettes,
Travaille les mains nettes,
(Faisant le geste d'applaudir.)
Et s'en donne à plaisir.

Sous la voûte étoilée
Qu'inondent vos accords,
Jouissez des transports
De la foule assemblée.
De vos nobles travaux,
Confidente, interprète,

12*

Elle acquitte sa dette
En milliers de bravos!

ENSEMBLE, à trois.

BEETHOVEN, à part.

Ce tableau me séduit, m'enivre!
A l'espoir d'un doux avenir,
Oui, mon ame déjà se livre :
Et l'on voudrait me le ravir!

LE PRINCE, à part.

Ce tableau le séduit, l'enivre!
A l'espoir d'un doux avenir,
Oui, déjà son ame se livre.
Ah! qui voudrait le lui ravir!

FREMANN, à part.

Ce tableau le séduit, l'enivre!
Laissons-le un moment s'étourdir
De l'espoir auquel il se livre;
Il finira par m'obéir.

FREMANN, bas à Beethoven.

Que ce jeune homme, je vous prie,
Ne se sépare pas de nous,
Sans que d'une façon polie
Vous n'ayez rompu la partie,
Ou je vais la rompre pour vous.

(Beethoven fait un geste d'impatience et se retourne du côté
du Prince.)

LE PRINCE.

Ah! dans cette noble carrière
Où votre génie indompté

A laissé son siècle en arrière,
Fidelio sera, j'espère,
Un pas de plus pour vous vers l'immortalité!

BEETHOVEN, avec enthousiasme.

Un pas de plus vers l'immortalité!

ENSEMBLE, *à deux*.

Un pas de plus vers l'immortalité!

BEETHOVEN, avec chaleur en serrant la main du Prince.

Ah! j'en accepte le présage!
Oui, vous ranimez mon courage.

ENSEMBLE, *à deux*.

Un pas de plus vers l'immortalité!

FREMANN, bas à Beethoven.

Si vous ne parlez pas, je vais parler, vous dis-je.

BEETHOVEN, à part.

Dieu! quelle tyrannie!

FREMANN, bas à Beethoven.

Il le faut, je l'exige.

BEETHOVEN, à part.

C'est abuser de ma bonté!

LE PRINCE, tendant la main à Beethoven.

A ce soir!

BEETHOVEN, au Prince.

A ce soir!

LE PRINCE.

Plaisir, fête brillante!

FREMANN, bas à Beethoven.

Songez-y....

BEETHOVEN, à part.

Quel tourment!

FREMANN, bas à Beethoven.

J'accomplis un devoir.

LE PRINCE.

A ce soir!

BEETHOVEN.

A ce soir!

LE PRINCE.

Honneur, gloire enivrante!

FREMANN, bas à Beethoven.

Guérison....

BEETHOVEN, à part.

Cruel homme!

FREMANN, bas à Beethoven.

Ou chagrin, désespoir!

ENSEMBLE, à trois.

BEETHOVEN, à part, d'un ton ironique.

Ce docteur si sauvage
Veut glacer mon courage,
Et lui-même, je gage,
M'applaudira ce soir.

LE PRINCE.

Croyez-en mon présage;
Fidelio, je gage,
Triomphera ce soir.

FREMANN, à part.

Ce jeune fou, je gage,
Détruirait mon ouvrage,
S'il revenait ce soir.

FREMANN, bas à Beethoven.

Encore un coup, parlez, vous dis-je.

BEETHOVEN, à part.

Fut-on jamais plus entêté!

FREMANN, bas.

Il le faut, parlez, je l'exige!

BEETHOVEN, à part.

C'est abuser de ma bonté!

(Finissez par la reprise de la stretta : *A ce soir! à ce soir! etc.*
à la fin de laquelle le Prince sort.)

SCÈNE XV.

BEETHOVEN, FREMANN.

FREMANN, vivement.

Et vous le laissez partir sans lui avoir rien dit!...
non, cela ne se peut pas; il faut courir après lui...
j'y cours moi-même à l'instant....

(Il va pour sortir.)

BEETHOVEN, lui barrant le passage.

Arrêtez, arrêtez, docteur... qu'allez-vous faire?...
me couvrir de ridicule!...

FREMANN.

De ridicule?

BEETHOVEN, d'un ton brusque.

Eh! sans doute; aux yeux du prince, de toute la
cour, au point où en sont les choses, pour qui voulez-vous que je passe, si je vais les rompre sans motif, sans excuse plausibles?... pour un homme incon-
sidéré, sans réflexion, pour un enfant?..

FREMANN, voulant toujours sortir.

Eh! que m'importe à moi?...

BEETHOVEN, le repoussant avec humeur.

Ah! Monsieur, c'est assez, je vous prie; il m'importe à moi plus que vous ne pensez... et, d'ailleurs,
c'est pousser trop loin l'exigence!

FREMANN, le regardant d'un air étonné.

Oui dà! c'est sur ce ton que vous le prenez?... Eh
bien! adoptez ce régime; je ne réponds plus, je ne
me mêle plus de rien; j'en ai dit assez, trop peut-
être. Je suis las à la fin de faire le précepteur: oui,
de passer même à vos yeux pour un tyran sans doute!
Mais je veux qu'avant huit jours, demain, ce soir,
tout le fruit de six mois de patience et de soins soit
perdu pour jamais. Vous reviendrez à moi, alors,
mais il ne sera plus temps, le mal sera sans remède.
(En s'échauffant par degrés) Et moi, savez-vous ce que
je ferai? J'irai partout criant, je crierai sur les toits:
« Vous savez bien Beethoven?... ce Beethoven dont
» vous admirez les œuvres?... ce Beethoven, l'or-

» gueil de l'Allemagne et que nous envie l'Europe
» entière? Eh bien! allez lui parler aujourd'hui : il
» est sourd ; oui, sourd, et sourd comme un pot ! et
» cela, pour avoir méprisé mes avis, les avis d'un
» homme plus soigneux, plus jaloux que lui de sa
» gloire! Oui, allez lui parler : il vous regardera, il
» aura même l'air de vous écouter ; mais quant à
» vous entendre et à pouvoir vous répondre, c'est
» une autre affaire : il ne peut plus s'entendre lui-
» même ! »

(Beethoven s'approche d'un air ému de Fremann qui s'est jeté sur
un siége, et lui prend la main qu'il serre avec affection.)

BEETHOVEN.

Mon ami, mon ami, je vous ai fait de la peine ; je
vous en demande sincèrement pardon. Oui, je me
reproche un mouvement d'humeur... déplacé.. coupable. C'est le premier et, je vous le jure, ce sera
le dernier. Je vous remercie de l'attachement, de la
tendre amitié dont vous me donnez des preuves si
sensibles, et je me regarderais comme le plus ingrat
des hommes si je ne cherchais pas à y répondre.
Mais, au nom du ciel, venez à mon secours, car vous
me voyez dans un cruel embarras. Je ne sais plus
comment sortir de là ; je suis malheureux, car je suis
sans défense ; je n'ai pas su résister aux vives sollici-
tations de ce jeune homme, et...

FREMANN, en se levant.

Je me charge de tout ; je vais rendre mes visites :
dans ma tournée, j'entrerai à l'hôtel du prince ; re-

posez-vous sur moi du soin de lui faire entendre
raison.

BEETHOVEN.

Surtout n'allez pas lui dire le motif réel...

FREMANN.

Soyez donc sans crainte et prenez du repos : ne
vous y trompez pas, mon cher Beethoven, vos or-
ganes en ont encore le plus grand besoin; vous ne
les avez déjà que trop fatigués aujourd'hui peut-être;
aussi, je ne saurais trop vous le répéter : la plus légère imprudence et tout est perdu.

(Il sort.)

SCÈNE XVI.

BEETHOVEN, après un moment de silence et en s'asseyant
d'un air rêveur.

Que va dire le prince? Je me le figure écoutant
Fremann lui exposer l'objet de sa visite : il sera furieux. (Avec un mouvement d'impatience.) Ma foi ! qu'ils
s'arrangent, c'est leur affaire. (Après une pause.) Il faut
avouer cependant que j'ai bien peu de caractère !...
Aussi, ce jeune homme était si pressant.... et puis,
je me sens si fort, si plein de santé... car Fremann a
beau dire, je n'ai jamais joui plus complètement de
toutes mes facultés. (Avec un accent de tristesse.) Mon
pauvre Fidelio ! la voici donc encore reculée l'heure
de notre réunion ! (Avec découragement.) Cette inaction

me tue!... Oui, s'il fallait vivre encore ainsi long-
temps, je ne sais où le dégoût de l'existence pourrait
me conduire... (En frémissant et d'un air rêveur.) Le suicide! encore le suicide!.... Me voici donc revenu
malgré moi dans ce cercle d'idées sinistres où je m'é-
tonnais ce matin d'avoir pu mettre le pied un jour!
(En se levant brusquement et en se promenant à grands pas sur la
scène.) Avec une semblable disposition d'esprit, cette
maison où je suis venu chercher la santé deviendrait
mon tombeau. C'est qu'aussi avec leurs systèmes, ces
médecins sont d'un entêtement!... Voyez un peu,
là, le grand mal qui serait résulté pour moi de tout
ceci : je n'avais ni un pas à faire, ni un mot à dire;
ce jardin monotone, inanimé, devenait soudain, et
comme par un coup de baguette, un jardin enchanté!
C'était un rêve, un songe délicieux!... Mais le véritable enchanteur, c'était moi; moi qui retenais sous
le charme de mes accords une foule haletante de
plaisir et m'écrasant sous le poids de ses applaudissemens répétés! Et pour tout cela, encore une fois,
pas un seul geste à faire, un simple désir à exprimer!
(Avec un dépit ironique en se rasseyant.) Eh bien! non, à
tant de soins, de peines, d'obligeance, de bonté,
moi je réponds par une impolitesse, par un refus
stupide et grossier!... Le prince se moquait de moi
tantôt; ce sera bien pis quand il aura vu Fremann :
ma conduite va lui paraître inexplicable, absurde,
ainsi qu'à tout le monde!...

(Il reste plongé dans ses réflexions.)

SCÈNE XVII.

BEETHOVEN, MINNA.

MINNA, entrant avec précaution.

Pardon, mon oncle, je vous dérange?...

BEETHOVEN, en se levant.

Toi, mon enfant?...

MINNA, en souriant.

Vous étiez encore dans vos rêveries.

BEETHOVEN, l'embrassant.

Tu sais bien que j'ai toujours du plaisir à te voir. Eh bien! Minna, commences-tu à t'habituer ici?

MINNA, avec hésitation.

Mais... oui... assez.

BEETHOVEN.

Tu t'attendais peut-être à y trouver plus de distraction que chez ton père?

MINNA.

Mais vous, mon oncle, vous devez bien vous ennuyer?

BEETHOVEN, en soupirant.

Un peu.

MINNA.

Depuis que je suis ici, je ne vous ai pas vu une seule fois toucher à votre piano.

BÉETHOVEN, montrant le pavillon.

Il est là, sous clef : le docteur me défend de m'occuper de musique.

MINNA, vivement.

Mon oncle, n'allez pas lui dire au moins que je
vous en ai seulement ouvert la bouche.

BEETHOVEN, en riant.

Il paraît que tu avais reçu le mot d'ordre en entrant ici, car c'est la première fois que tu m'en
parles. Il est bien singulier monsieur Fremann,
n'est-ce pas?

MINNA.

J'avoue que je ne conçois guère pourquoi il vous
impose un genre de vie aussi triste, aussi opposé à
vos habitudes et à vos goûts. Car enfin, la musique,
c'est l'art que vous chérissez, qui fait le charme de
tous vos instans ; c'est votre élément, c'est l'air que
vous respirez...

BEETHOVEN, avec chaleur.

Ah! que tu as raison! c'est ma vie ! (A part, avec
agitation.) Que ne puis-je retenir ce Fremann... pré-
venir sa démarche... ou plutôt écrire au prince de
n'en point tenir compte ! (Se rapprochant de Minna.) Si
tu pouvais te procurer la clef de ce pavillon?

MINNA, vivement.

Oh ! et le docteur!...

BEETHOVEN, avec impatience.

Eh! le docteur... est un sot! (Avec enthousiasme.) Fi-

delio! mon cher Fidelio!.... quand pourrais-je te
presser sur mon cœur!

MINNA, d'un air rêveur.

Fidelio!.. le joli nom!.. Si celui qui le porte tient
tout ce qu'il promet...

BEETHOVEN, comme frappé d'une idée subite et en la regardant
avec attention.

Mais...

MINNA, avec un sourire en se rapprochant de lui.

. C'est un jeune homme?

BEETHOVEN, avec hésitation.

Un jeune homme?... oui... oui, c'est un jeune
homme.

MINNA.

Je serais bien curieuse de le voir.

BEETHOVEN, vivement.

Si tu voulais, cela te serait facile.

MINNA.

Comment?

BEETHOVEN.

Oui, tu pourrais faire sa connaissance à l'instant
même.

MINNA.

Eh! où donc est-il?

BEETHOVEN, montrant le pavillon.

Là.

MINNA, s'avançant vers la fenêtre.

Dans ce cabinet ?

BEETHOVEN, la retenant.

Eh ! mon Dieu ! oui, c'est là que Fremann le retient depuis six mois.

MINNA.

Depuis six mois ! oh ! le pauvre garçon ! Il est donc d'une humeur bien difficile ?

BEETHOVEN.

Au contraire, il est plein de douceur, de bonté, de dévouement.

MINNA.

Comment se fait-il alors que le docteur le traite ainsi ?

BEETHOVEN.

Système, manie.

MINNA.

Avec toutes ces qualités, il ne peut pourtant manquer de plaire à tout le monde.

BEETHOVEN.

J'ai mis tous mes soins à l'en rendre digne.

MINNA.

C'est vous qui avez fait son éducation ?

BEETHOVEN.

C'est à moi qu'il doit tout ce qu'il est. J'espère bien qu'il te plaira aussi.

MINNA, en baissant les yeux.

Mon oncle...

BEETHOVEN, en riant.

Et que tu l'aimeras même.

MINNA, à part.

Dieu! quelle idée! (Haut et vivement.) Mon oncle....
est-ce que par hasard... oh! je n'en veux pas pour
mon mari, d'abord!

BEETHOVEN, en la regardant.

Eh! qui te dit que mon intention est de te l'offrir?
Ne fais pas tant la fière : il n'est pas si sûr d'ailleurs
qu'il voulût de toi.

MINNA, d'un petit air sec.

C'est possible, mais quant à moi, je vous le dis
d'avance, je ne veux pas de lui.

BEETHOVEN, la contrefaisant.

C'est possible, mais quand tu le connaîtras, je te
le dis d'avance, tu l'aimeras.

MINNA.

Je ne l'aimerai pas.

BEETHOVEN.

Tu l'aimeras, te dis-je.

MINNA.

Oh! mon Dieu! mon oncle, comme vous êtes con-
trariant aujourd'hui! Eh bien! non, je ne l'aimerai
pas, parce que je ne veux pas l'aimer; là, entendez-

vous, je ne veux pas l'aimer, moi ; je suis bien libre peut-être.

BEETHOVEN.

Eh bien ! moi, je soutiens que si tu ne l'aimes pas pour lui-même, tu l'aimeras au moins pour la dot qu'il te donnera.

MINNA, vivement et avec un sourire.

Une dot !

BEETHOVEN.

Oui, une dot... ce mot a la vertu de te dérider.

MINNA.

Votre monsieur Fidelio est donc bien riche ?

BEETHOVEN.

J'ai tâché qu'il le fût.

MINNA.

Et bien généreux ?

BEETHOVEN.

Il tient de moi.

MINNA, en regardant le pavillon.

Si j'étais sûre que le docteur...

BEETHOVEN, vivement.

Il est sorti pour le reste de la journée et ne rentrera ce soir qu'assez tard.

MINNA.

Mais la clef de ce pavillon, où la prendre ?

13

BEETHOVEN.

Ecoute : tu sais où est la chambre de la vieille
gouvernante du docteur?

MINNA.

Oui ; eh bien?

BEETHOVEN.

Eh bien! monte, et, sous un prétexte quelconque... pour lui demander du fil... une aiguille... que
sais-je? entre chez elle. Comme la pauvre femme ne
marche plus qu'assez difficilement, il est probable
que tu la trouveras assise dans son grand fauteuil, ses
lunettes sur le nez et tricotant des bas de laine pour
le docteur.

MINNA.

Après?

BEETHOVEN.

En t'approchant d'elle, heurte en passant, et
comme par mégarde, un guéridon placé au milieu
de la chambre, sur lequel se trouve un petit cabaret
de porcelaine de Saxe, et renverse le tout sur le
plancher.

MINNA, en joignant les mains.

Oh! mon oncle!...

BEETHOVEN.

Tandis que tu la verras occupée à ramasser les débris de ses tasses, cours lestement à l'embrasure de
la fenêtre, et décroche avec adresse une petite clef
que tu y trouveras suspendue entre sa montre et une

image de sainte Ursule sa patron..; puis, reviens sur-le-champ.

MINNA.

Mais la pauvre vieille, mon oncle, elle en tombera malade de chagrin : son cabaret de porcelaine brisé !

BEETHOVEN, en riant.

Je lui en rendrai un que je tiens de l'archiduc; elle ne perdra rien au change, je te jure. De l'adresse, entends-tu bien : argus vigilant, incorruptible, Ursule a l'œil sans cesse sur cette clef qui, pour elle, est un dépôt sacré confié par le docteur à sa surveillance. Qu'elle se doute un seul instant de notre projet, et sur-le-champ l'alarme est donnée, notre mine est éventée et Fidelio reste en prison.

MINNA.

Laissez-moi faire.

DUO.

BEETHOVEN.

Tu connais mon plan de campagne;
Il réussira si tu veux.

MINNA.

Tout marchera selon vos vœux.

BEETHOVEN.

Va, que le succès t'accompagne!

ENSEMBLE.

Tout marchera selon $\begin{Bmatrix} vos \\ mes \end{Bmatrix}$ vœux.

(Minna sort.)

13*

SCÈNE XVIII.

BEETHOVEN, seul, avec gaîté.

Cet ingénieux stratagème
Est fait pour tromper l'ennemi.
Oui, je m'en applaudis moi-même.

(Après avoir écouté un instant et en riant.)

Suis-je fou?... quoi! Minna sort à peine d'ici....
Donnons-lui-donc le temps d'arriver... C'est qu'aussi
    Mon impatience est extrême!
Après six mois d'ennui, d'attente, de dégoût,
Revoir *Fidelio*, ce soir même l'entendre!...

        (Il écoute.)

Rien encore!... Pourvu que notre vieux hibou,
    Par un pressentiment du coup,
    N'ait pas eu l'esprit de descendre
    Et de barricader son trou.

AIR.

    Oui, me voici près de l'atteindre,
    Ce moment d'espoir, d'avenir,
    Que l'artiste a raison de craindre
    Tout en brûlant de le pouvoir saisir.
Durant sa vie, à ses meilleurs ouvrages,
Souvent, hélas! vain caprice du sort!
Ne voit-il pas refuser des suffrages
    Qu'on leur prodigue après sa mort [1]!

            (Il écoute.)

[1] On sait que *Fidelio*, à son apparition sur la scène, essuya une

Toujours même silence... Allons, la chose est claire,
Cette Ursule a juré de me mettre en colère.

(Avec impatience, après avoir prêté l'oreille.)

Oui, vous verrez que la vieille sorcière
    Qui ne peut qu'à peine bouger,
Aura voulu sortir pour me faire enrager.

(Avec colère, après avoir écouté une dernière fois.)

C'est à n'y plus tenir, je meurs d'impatience !
    Sachons pourquoi Minna ne revient pas.

(Il va pour sortir. On entend dans la coulisse un grand bruit
de vaisselle brisée.)

    Qu'entends-je?... patatras !
    Voici l'attaque qui commence....
Et si j'en crois ce que j'entends d'ici,
    L'affaire est chaude et la mêlée aussi ;
    Minna vaillamment se comporte.

(Regardant dans la coulisse.)

Mais nous sortons vainqueurs du combat, car voici
    Les dépouilles de l'ennemi
    Qu'en triomphe elle me rapporte !

espèce de chute, dont il ne se releva qu'après la mort de Beethoven.
Nous nous rappelons encore l'enthousiasme avec lequel il fut accueilli
à Paris lorsque la troupe allemande, dont faisait partie Haitzinger,
vint y donner des représentations.

SCÈNE XIX.

BEETHOVEN, MINNA.

MINNA, au fond de la scène eu tenant la clef en l'air.

Victoire! victoire!

BEETHOVEN, courant au-devant d'elle et l'embrassant.

Merci!

(Il on..se sur son cœur la clef que lui donne Minna.)

BEETHOVEN, avec une gaîté folle.

Victoire! victoire! victoire!
Cet exploit te couvre de gloire,
Et fera vivre ta mémoire
Jusqu'au dernier de nos neveux!

ENSEMBLE.

Victoire! victoire! victoire!

Cet exploit $\left\{ \begin{array}{c} \text{me} \\ \text{te} \end{array} \right\}$ couvre de gloire,

Et fera vivre $\left\{ \begin{array}{c} \text{ma} \\ \text{ta} \end{array} \right\}$ mémoire

Jusqu'au dernier de nos neveux!

BEETHOVEN, toujours du même ton.

Mais dis, d'un tel échec l'ennemi furieux
A dû pousser des cris de rage et de vengeance?

MINNA, d'un ton lamentable.

Sur le champ de bataille où de ses rangs pressés
Gisent confusément les débris dispersés,

L'ennemi, le front morne et gardant le silence,
Ramasse en sanglotant ses morts et ses blessés.

BEETHOVEN.

Heureux du succès de nos armes,
Nous saurons en séchant ses larmes
Le forcer à bénir son vainqueur généreux.

Victoire! victoire! victoire!
Cet exploit te couvre de gloire,
Et fera vivre ta mémoire
Jusqu'au dernier de nos neveux!

ENSEMBLE.

Victoire! victoire! victoire!

Cet exploit $\begin{Bmatrix} me \\ te \end{Bmatrix}$ couvre, etc., etc.

(A la fin du duo, Beethoven court à la porte du pavillon et met la clef dans la serrure ; mais voyant Minna derrière lui, il s'arrête.)

BEETHOVEN, en la regardant.

Où vas-tu?

MINNA, d'un air embarrassé.

Mais...

BEETHOVEN, en riant.

Je lis dans tes yeux que tu brûles de connaître Fidelio.

MINNA, en baissant les yeux.

Mon oncle....

BEETHOVEN.

Oh! je ne t'ai rien dit de trop sur son compte ;

non, je le crois fait pour plaire, et, je te le répète, tu l'aimeras.

MINNA.

Je puis être curieuse de le voir sans que pour cela vous vous hâtiez de conclure...

BEETHOVEN.

Soit!.. mais tiens, comme je le sais un peu timide, laisse-moi le préparer à cette entrevue. (Il la conduit au fond du théâtre.) Reste un moment à cette place.

MINNA.

Quoi! là, en faction?

BEETHOVEN.

Oui, et surtout ne viole pas la consigne; ne te montre que quand je t'appellerai.

MINNA, d'un air boudeur.

Voilà qui est amusant! c'est donc une jeune fille que ce jeune homme-là?

BEETHOVEN, à part en ouvrant le pavillon.

Maintenant, écrivons au prince.

(Il entre dans le pavillon, dont il ouvre la fenêtre faisant face au spectateur, et écrit.)

MINNA, se penchant et se levant sur la pointe des pieds pour voir.

J'ai beau faire, je ne vois rien. Si du moins je pouvais distinguer le son de sa voix.

(Elle écoute.)

BEETHOVEN, sortant du cabinet un billet à la main.

Ma chère Minna, je viens te présenter les excuses

de Fidelio ; nous avons besoin d'être seuls quelques instans ensemble.

MINNA.

Eh bien ! à la bonne heure ! il est poli votre monsieur Fidelio.

BEETHOVEN.

Que veux-tu, mon enfant, c'est un peu ma faute ; oui, c'est moi qui serais charmé de rester seul avec lui... mais ce soir, je te promets de te faire faire sa connaissance.

MINNA, d'un air boudeur.

Et les pauvres tasses d'Ursule !... Oh ! si j'avais su cela !...

BEETHOVEN.

Tiens, en attendant, rends-moi encore un service.

MINNA, vivement.

Est-ce encore de la porcelaine à briser ?

BEETHOVEN, en riant.

Non, non, rassure-toi. Tu vois cette lettre ? fais-toi accompagner et cours sur-le-champ à Vienne la remettre toi-même à son adresse : (lui faisant lire l'adresse) *Au prince de Lobkowitz, en son hôtel.* Il s'agit d'une affaire de la plus haute importance, non-seulement pour Fidelio, mais même pour moi.

MINNA. prenant la lettre.

Il suffit. Çà, dites mon oncle, est-ce qu'il est muet votre monsieur Fidelio ?

BEETHOVEN.

Pourquoi cette ques'ion ?

MINNA.

Quand vous êtes entré dans le pavillon, vous ne
vous êtes pas dit un seul mot ; s'il m'est défendu de
le voir, j'aurais au moins voulu l'entendre.

. BEETHOVEN.

Ce soir tu seras satisfaite. Va, et reviens aussitôt.

MINNA, à part.

Profitons de cela pour écrire à Charles.

(Elle sort.)

SCÈNE XX.

BEETHOVEN, avec joie.

Maintenant Fremann peut revenir quand il voudra ; Fidelio et moi, nous ne le craignons plus. (Courant au pavillon.) Mais voyons, voyons mon pauvre Fidelio. (Il s'assied dans le pavillon et feuillette sa partition avec
avidité.) Quel charme j'éprouve à revoir ce manus-
crit ! ce fruit de tant de veilles, hélas ! que j'ai payé
de tant de privations ! Voici mon duo d'introduc-
tion... mon quatuor... mon finale... et mon air de
ténore... oui, avec les changemens que j'y avais faits
et que les progrès de mon mal ne me permirent pas
de remettre au net... Repassons un peu ce morceau.
(Il ouvre son piano, y place la partition et prélude quelques ins-

(tans.) Excellent instrument! aussi juste que s'il sortait
des mains de l'accordeur!... Que je sais gré à ce généreux Broadwood de m'en avoir fait présent! assurément, c'est le premier facteur de toute l'Angleterre! (Tout en préludant) Mes doigts brûlent le cla-
vier... mon oreille reçoit une nouvelle vie... un ciel
nouveau semble se dérouler à mes yeux!

(Il continue à jouer; on entend des cris confus dans la coulisse.)

SCÈNE XXI.

BEETHOVEN, GALOPPO, PETERS.

PETERS, voulant arrêter Galoppo qui le pousse.

Je vous dis, Monsieur, que vous ne pouvez pas
entrer.

GALOPPO, lui faisant faire une pirouette.

Eh! tou vois bien qué si zé pouis entrer, imbé-
cillé, pouisqué mé voilà!

(Il accourt devant la porte du pavillon, et reste comme en extase
à écouter Beethoven qui ne l'aperçoit pas.)

PETERS.

Chien de baragouineur! il me fera chasser d'ici.

GALOPPO, à voix étouffée, en lui faisant signe de se taire.

Zitto! zitto! maledetto!

(Peters sort en lui montrant le poing.)

BEETHOVEN, en se retournant.

Eh! je ne me trompe pas, c'est le signor Galoppo.

(A part en se levant.) Comment diable a-t-il su mon
adresse?

GALOPPO, en lui tendant la main.

Bravo! bravissimo! caro maëstro!

BEETHOVEN.

Il y a un siècle qu'on ne vous a vu.

GALOPPO.

C'est pas ma faute, zé vi zoure : et cé maraud qui
mé souténait qué vi étiez pas visible!

BEETHOVEN, en lui tendant la main.

Je suis toujours visible pour mes amis.

GALOPPO.

Zé m'en souis guère aperçou cépendant; dépouis
deux zours, voilà la houitième fois qué zé viens.

BEETHOVEN, d'un air demi-sérieux.

La huitième fois!... et je n'en ai rien su! Mais
c'est une indignité!

GALOPPO.

Oh! carabino, mio amico! zé té révaudrai ça!

BEETHOVEN, à part en riant.

C'est un vrai cordon sanitaire que Fremann a établi autour de moi. (Haut.) Eh bien! mon cher monsieur Galoppo, voyons, qu'avez-vous à me dire? Je
suis vraiment désolé de la peine...

GALOPPO, vivement.

Voilà, voilà, monsou Beethoven : oun dé mes amis
il m'a dit, il y a sept ou houit zours, qué vi aviez

composé la mousique d'oun opéra : « Oun opéra, mé
» dis-zé, oun opéra dé monsou Beethoven! il doit
» être ma propriété. Ma, où est-il monsou Beetho-
» ven? » C'est cé qué persoune il povait mé dire. Zé
mé donnais au diable quand mon fils Charles, zé sais
pas comment, découvrit votre adresse et vint mé
l'apporter. Zé loui souçonne quelqu'amourette dé
cé côté.;

BEETHOVEN, en riant.

Bah !

GALOPPO.

Si, si ; il m'en a dézà touzé oun mot ; hier encore
il mé parlait mariaze.

BEETHOVEN.

Oh! oh ! cela devient sérieux. Eh bien ! si le parti
est bon...

GALOPPO, faisant un signe de tête négatif.

Il a pas voulou mé nommer la personne.

BEETHOVEN.

Comment pouvez-vous savoir alors?...

GALOPPO, d'un air grave.

Ascoltate, monsou Beethoven : zé avé dit à mon
fils : « Mon fils, marie-toi à ton goût ; ma, si tou té
» soucies dé mon consentément, qué ta femmé t'ap-
» porte ouné dot; autrément, né mé la présenté za-
» mais. » Voyez-vous, monsou Beethoven, moi zé
souis bon père ; z'aimé mon fils et zé voux son bon-
hour; aussi, pervou qu'il fassé rien cependant qui

pouisse mé déplaire, zé loui iaissé touté liberté à cet
égard. Ma, révénons à notre affaire. Vi savez, monsou Beethoven, commé zé tiens à être éditour dé vos
ouvres. Zé viens donc oun po causer avé vous dé
votre partizione et voir si nous pouvons nous entendre sour lé prix qué vi en volez.

BEETHOVEN.

Quoi! sans la connaître?

GALOPPO.

Eh! monsou Beethoven, y a mousique et mousique! Z'en connais, moi, voyez-vous, dont zé voudrais pas quand on mé paierait per la prendre; la
vôtre, zé l'azéte sans l'entendre.

BEETHOVEN.

Je vous remercie, mais encore faut-il que vous
sachiez de quoi il s'agit.

GALOPPO.

Vediamo, quel est lé titré, d'abord?

BEETHOVEN.

Le titre de l'ouvrage est : *Fidelio.*

GALOPPO, d'un air satisfait.

Fidelio!... zoli nom!... oui, sou l'affice, ça doit
figourer avantazouzément. L'azion, à quelle époque
sé passe-t-elle?

BEETHOVEN.

L'époque n'est pas déterminée.

GALOPPO.

Z'aimérais mio qu'elle lé foût... oui, et oun po

loin dé nous ; ma, c'est point oum mal, après tout,
qu'elle lé soit pas. La mousique est lé piou poétique
des arts, perche, voyez-vous, elle en est lé moins
positif ; aussi, pervou qué l'azion il soit simple, cé
qui né l'empécé pas d'être intéressante, et qué les
sentimens ils soient bien clairement esprimés, elle
s'accommode assez d'oun po dé vague dans lé souzet. En France, auzourd'houi, ils veulent dé l'attoualité, comme ils appellent ça ; ils en fourrent partout, même en mousique ! Ils mé font rire avé leur
attoualité ! L'attoualité, monsou Beethoven, ça tue
la poésie dans la mousique.

BEETHOVEN.

L'ouvrage est divisé en trois actes.

GALOPPO.

Tre atti, oun po long... oui... doux attes vau-
draient mio. La coupé cependant elle est bonne, et
raisonnable au moins. En France, auzourd'houi, ils
font des opéras en cinq attes comme y a soissante
ans ; ma, ils sont per l'attoualité. Et qué qui vous a
fait ça ?

BEETHOVEN.

Comment ?

GALOPPO.

Oui, qué qui vous a écrit lé libretto ?

BEETHOVEN.

Le poëme ?

GALOPPO, en souriant.

Lé poëme, si vous voulez; en Italie nous disons
libretto : c'est piou modeste, et pouis on sait d'a-
vance à quoi s'en ténir; lé mot au moins né trompe
personne sou la valour dé la chose : *Tutto per la
mousique!*

BEETHOVEN.

Le libretto donc est d'origine française.

GALOPPO, vivement.

Z'en étais soûr! Eh bien! tant mio et tant pis!

BEETHOVEN.

Que voulez-vous dire?

GALOPPO.

Les Français, voyez-vous, ils sont les hommes des
paroles; nous sommes, nous autres Allemands et
Italiens, les hommes des choses : nous aimons la
mousique per la mousique. Les Français ils ont trop
d'esprit per l'aimer comé nous : aussi, la mousique
franchèse, pétité mousiqué!

BEETHOVEN.

Oh! quant à la coupe, l'ouvrage a été refondu.

GALOPPO.

Ditemi oun po : vi avez, sans doute, qualqué
sitouazions où vi avez pou placer qualqué petits
airs? Les petits airs, voyez-vous, c'est cé qui sé vend
lé mio auzourd'houi.

BEETHOVEN, en le regardant d'un air étonné.

Comment!... mais il me semble que c'était pré-

cisément là ce dont vous ne vouliez pas tout à
l'heure.

GALOPPO.

È vero, è vero ; comme artiste, zé souis aussi, moi,
per l'espression en mousique ; z'aime tout ce qui est
beau, tout ce qui est noble, poétique ; ma qué diable voulez-vous, mon zer, comme négoziant, c'est
oune autre affaire ! Lé goût auzourd'houi il est si
corrompou ! z'en sais quelque chose, moi : z'ai trois
frères comé moi marzands dé mousiqué ; l'oun à
Rome, l'autre à Londres, et lé troisième à Paris ;
car, dans ma famille, dépouis cent ans, dé père en
fils, nous sommes tous dans la mousique : di questa
maniéra zé sais tout cé qui sé passe dans lé monde
mousical. E bene, cé qu'ils mé démandent et cé
qué zé leur demande à grands cris tous les zours, cé
sont les petits airs. Aussi, allez, il faut bien peu dé
chose mainténant per faire réouzir oun opéra, et des
piou longs encore : ouné ronde, ouné ballade, ouné
barcarolle, oun galop ! Oh ! si vi poviez mé glisser
soulément oun pétit galop dans votre opéra, zé vous
en garantirais lé soucès, à Paris surtout !

BEETHOVEN.

Impossible.

GALOPPO.

Voyez-vous d'ici sour la dévantoure dé mon ma-
gasin, en gros carattères : Galop dé Fidelio ; airs
favoris dé Fidelio ; divertissément, mélanze, mô-

14

saïque sour des motifs dé Fidelio. Si vi saviez, mon zer, tout ça sé vend comé dou pain, comé des pétits biscouits.

BEETHOVEN.

Impossible, vous dis-je : le genre de l'ouvrage s'y oppose ; et, d'ailleurs, le lieu où se passe la scène...

GALOPPO.

Eh ! lé zenre n'y fait rien ; on s'embarrassé bien dé céla ! ma, voyons, où sé passe-t-elle donc la chène ?

BEETHOVEN.

Dans une prison d'État.

GALOPPO.

Ouné prigione d'État !... Oh ! oh !... touté la pièce ?

BEETHOVEN.

Les deux premiers actes dans la prison même.

GALOPPO.

Ma, lé dernier ?

BEETHOVEN.

Dans un cachot à cinquante pieds sous terre.

GALOPPO, en fronçant le sourcil et en regardant Beethoven.

Cospetto !.. cinqouante pieds sous terre !.. (D'un air pensif.) A queste profondour lé lio dé la chène, il sérait oun po houmide, oun po glissant per galopper, (Avec un grand sang-froid à Beethoven.) Est-ce qué vi pourriez pas lé rémonter d'oun étaze ?

BEETHOVEN, en riant.

Y pensez-vous !... et le poëte?...

GALOPPO, avec dédain.

Lé poëté? Eh ! qué ça loui fait au poëte?... est-ce qué ça lé régarde? Zé voudrais bien voir, per ésemple! Vi verrez, vi verrez; oun pétit galop soulément, oun tout pétit. Orsù, la partizion elle est achevée sans doûte?

BEETHOVEN.

Ce soir je la fais exécuter devant monsieur le prince.

GALOPPO, vivement d'un air inquiet.

Che cosa dite? Léprince!... oun marzand dé mousique?

BEETHOVEN.

Eh non, le prince de Lobkowitz.

GALOPPO, en riant.

Ah! bon, bon ! ho capito. Ma, toutes les parties d'orchestre elles sont copiées?

BEETHOVEN.

Toutes; celles de mon air de tenore cependant auraient besoin d'être revues : oui, quelques changemens que j'ai fait subir à ce morceau important... et tenez, je veux vous le faire entendre.

GALOPPO, vivement.

Inoutile, monsou Beethoven, inoutile! parlons, parlons dou prix.

14*

BEETHOVEN, entrant dans le pavillon.

Non, non, je veux avant de traiter que vous ayez
au moins une idée.... D'ailleurs, moi-même, je ne
suis pas fâché de renouveler connaissance avec lui.

(Il se place au piano.)

GALOPPO, s'asseyant.

Pouisqué vi voulez assoloument...

BEETHOVEN.

SCÈNE ET AIR DU TROISIÈME ACTE DE *Fidelio* [1].
(Florestan.)

RÉCITATIF.

Dieu! toi qui m'entends, tu sais quel fut mon crime :
S'il faut dans ce tombeau finir mes tristes jours,
   Ah! j'y consens! las du sort qui m'opprime,
Permets que du trépas j'implore le secours!

CANTABILE.

   Au printemps de ma vie,
Comme un songe a fui mon bonheur.
   Imprudent, hélas! j'expie
Dans les fers ma folle candeur.
   Souffrons tout sans me plaindre;
Mais pour moi, s'il n'est plus d'espoir,
   La mort même peut m'atteindre,
   J'ai du moins fait mon devoir.

   Où suis-je! réveil enchanteur!
   Quel air pur soudain je respire !

[1] Voyez à la fin du volume cet air avec accompagnement de piano.

Du sein d'un nuage, céleste vapeur,
Un ange à mes maux vient sourire!
   Cet ange est Léonore :
Léonore! ô toi que j'adore!
  Ah! viens me rendre au bonheur!

(Nota. Il est inutile de dire que l'orchestre accompagne cet air.)

GALOPPO, en se levant et d'un air transporté.

Perdio, caro maëstro, voilà oun air à faire crou-
ler la salle sous les applaudissemens! Ma c'est égal,
si vi pouvez touzours mé glisser oun pétit galop... vi
verrez... vi verrez... oun tout pétit... Allons, monsou Beethoven, terminons cette affaire. (Tirant son
portefeuille.) Z'ai là, en billets dé banque, tout cé qu'il
mé faut...

BEETHOVEN, portant la main à son front.

Pardon, mon cher monsieur Galoppo, je ne suis
pas en train de parler d'affaires; non, je me sens la
tête un peu lourde; j'ai besoin d'un peu de repos.

GALOPPO.

Oh! nous allons terminer céla en oun moment.

BEETHOVEN, allant pour sortir.

Vous verrez ma nièce., vous vous arrangerez avec
elle.

GALOPPO, le retenant.

Votré nièce!...

BEETHOVEN.

Oui, ceci la regarde : c'est sa dot.

GALOPPO.

Est-ce qué zé la connais, moi, votré niéce?

BEETHOVEN.

Elle sera de retour bientôt, je pense; si j'osais
vous prier, en l'attendant, de mettre au net les parties de cet air pour ce soir?...

GALOPPO, vivement.

Ascoltate, ascoltate dounqué, monsou Beethoven;
c'est avé vous qué zé veux traiter et non avé cetté
zeuné fille qué zé connais pas.

BEETHOVEN, voulant sortir.

Eh bien! revenez une autre fois, mon cher monsieur Galoppo, nous parlerons de cela tout à notre
aise.

GALOPPO, vivement et l'arrêtant toujours.

Révénir!... non pas.

BEETHOVEN.

Je vous le répète, j'ai besoin de repos; je ne me
sens pas aussi bien qu'à l'ordinaire. (En sortant.) Nous
verrons, nous verrons.

GALOPPO, le suivant.

Monsou Beethoven, oun pétit moment...

BEETHOVEN, en sortant.

Nous reparlerons de cela... oui... oui...

GALOPPO.

Monsou Beethoven! monsou...

SCÈNE XXII.

GALOPPO, avec agitation.

Révénir ! révénir ! c'est bien facile à dire; ma c'est
pas mon compte : c'est si facile dé lé rattraper ! Il
faudrait mainténant qué cé dotteur il s'avisât dé rentrer. Si z'emportais la partizion?.. non... non ; Beethoven il sé fâcherait... (En frappant du pied) Diavolo!..
et cetté niéce... quéque c'est qué cetté niéce? ouné
pétité fille... (En soupirant.) Allons, attendons oun po,
pouisqu'il lé faut. (Il entre dans le pavillon.) Il mé priait
dé révoir les parties de son air... (Il s'assied.) Oun po
dé complaisance... (Ecrivant.) Ammirable !.... ammirable !.. dé mon temps oun air comé céloui-là, il aurait fait la fortoune d'oun opéra... (en soupirant) ma
auzourd'hui !... Après tout, qué m'importe qué lé
goût il sanze, pervou qué la vente elle soit touzours
la même. (Il chante en écrivant.) La, la, la, la, la, la, la,
la... Quouelles formés poures! quouel dessin souave!

SCÈNE XXIII.

GALOPPO, MINNA.

MINNA, en entrant et d'un air pensif.

Charles doit avoir reçu mon billet maintenant; il
ne peut tarder à venir. Il faut absolument que je me

concerte avec lui pour savoir ce que je devrai répondre à mon oncle s'il me parle encore de son monsieur Fidelio : car je ne le vois que trop, quoique ce
soit la première fois qu'il m'en ouvre la bouche, c'est
un mari qu'il me destine ; et qui sait? c'est peut-être
pour cela qu'il m'a fait venir auprès de lui. Mais il
aura beau faire, je n'en veux pas. S'il ne s'agissait
que de la dot... (Après une pause.) Je le sens cependant,
il m'en coûtera de faire de la peine à mon pauvre
oncle qui m'aime tant. (Avec impatience.) Qu'il me
tarde de voir Charles!... Mais à propos, où est-il
donc mon oncle?... (Regardant dans le pavillon Galoppo
dont elle ne peut voir le visage.) Est-ce lui qui écrit là?...
non... Si c'était ce monsieur Fidelio par hasard....
(Elle s'approche doucement de la fenêtre qui fait face au spectateur ; Galoppo tourne la tête et la regarde ; Minna pousse un cri
d'effroi et s'enfuit de l'autre côté de la scène.) Dieu ! quelle
horreur !

GALOPPO, à part en se levant.

Ouné zeune fille!... c'est la nièce!...

MINNA, à part.

Si c'est là le mari que mon oncle veut me donner,
il peut bien l'épouser lui-même ! (Regardant du coin de
l'œil Galoppo qui ajuste sa perruque et qui vient à elle avec un
air qu'il s'efforce de rendre gracieux.) Quelle tournure !

GALOPPO, en minaudant.

Perdono, madémigella, est-ce à la nièce dé l'il-
loustré monsou Beethoven qué z'ai l'honnour dé
parler?

MINNA, avec embarras.

Monsieur...

GALOPPO, lui baisant la main.

Zé loui en veux beaucoup à monsou Beethoven dé
m'avoir pas fait connaître plous tôt lé pétit trésor qu'il
possédé dans sa famille. Votre oncle, Madémigella,
il m'a dit qué nous pourrions nous entendre ensemble au souzet d'ouné pétite affaire qui vous intéresse
autant qué moi.

MINNA, à part.

Assurément, mon oncle a perdu la raison ; à quoi
pense-t-il de me proposer un mari de cette espèce!
(Haut, en regardant Galoppo qui lui fait des minauderies et en
cherchant à retenir ses envies de rire.) Une petite affaire,
Monsieur, dites-vous?.... c'est qu'au contraire je
trouve qu'elle est très-grave et qu'elle mérite de sé-
rieuses réflexions.

GALOPPO, décontenancé et à part.

Cospetto!.. Est-cé qu'on voudrait mé saigner, par
hasard? Zé crois qué la pétité gaillarde ellé s'entend
à faire l'article. (Haut en reprenant ses minauderies.) Si vi
lé permettez, zé vais touzours préparer lé pétit contrat.

MINNA, vivement.

Le contrat!... oh! doucement, Monsieur, je ne
suis pas si pressée !

GALOPPO.

Ça né nous empézéra pas d'en débattre les condi-

zions. Moi, voyez-vous, Madémigella, zé souis accommodant, et d'houmour très-facile ; zé vi les fé-
rai aussi avantazouses qué possible.

MINNA, à part.

Débarrassons-nous poliment de cet original. (Haut.)
En vérité, Monsieur, je ne conçois pas que mon oncle ait pu vous renvoyer à moi pour de semblables
arrangemens ; il doit bien savoir cependant qu'une
femme ne se connait point en affaires. Je vous demande la permission d'aller au moins le consulter.

GALOPPO, la retenant.

Oh ! per lé coup, c'est trop fort ! halté-là, Signorina ; oun moment, si vi piace ; c'est avé vous qu'il
faut qué z'en finisse.

MINNA.

Mais, Monsieur...

GALOPPO.

Perdono, perdono, ma vi né sortirez pas d'ici
qué l'affaire ellé soit conclouc et consommée.

MINNA, à part.

Quelle importunité ! (Haut.) Encore une fois, Monsieur...

GALOPPO.

Oh ! vi aurez beau vi débattre, vi en passerez par
où zé voudrai. Zé souis ténace en diable, voyez-vous ;
zé vous tiens, vi m'ézappérez pas.

MINNA, froidement.

Eh bien ! Monsieur, puisqu'il en est ainsi, je vous
déclare que je ne signerai rien avant l'arrivée ici
d'une personne que j'attends, et que cette affaire
intéresse aussi ; oui, et autant que vous, car il ne
dépend pas d'elle qu'elle ne s'en charge pour elle-
même.

GALOPPO, à part avec frayeur.

Oun concourrent !...

MINNA.

Si la personne dont je vous parle y renonce pour
son propre compte et consent à me la voir terminer
avec vous, ce dont je doute, alors...

GALOPPO.

Perdono, Madémigella... pourrais-ze savoir quelle
est cette personne ?.... oun marzand dé monsiqué
peut-être.

MINNA, le regardant d'un air étonné.

Un marchand de musique ?... mais... oui... oui...
c'est un marchand de musique.

GALOPPO, à part avec désolation.

Zé souis oun homme assaziné! (Haut.) et... sérait-ce
oune indiscrézion dé vi démander son nom ?

MINNA.

Son nom ?

GALOPPO, sur les épines.

Si... si Signorina...

MINNA.

Puisque vous le désirez, je ne vois pas d'inconvéniens à vous le dire ; il se nomme Galoppo.

GALOPPO, à part d'une voix étouffée.

Galoppo!... oun dé mes frères!... oui, c'est céla
même!.. oun dé mes frères qui veut traiter dé l'affaire tout seul.. car zé n'en ai rien sou... on né m'en
a rien dit... Oh! birbante! scellerato! on n'est zamais trahi qué par les siens! (Tirant son portefeuille.) Allons!... y a pas oun instant à perdre; on mé met lé
couteau sour la gorze. (Haut à Minna en la forçant de prendre les billets de banque qu'il lui met dans la main.) Tenez,
Madémigella, prenez, prenez, vous dis-ze...

MINNA, en le regardant.

Mais Monsieur...

GALOPPO.

Six millé florins en billets dé banque, c'est ouné
dot assez ronde, z'espère... Nous rédizerons lé contrat piou tard.

(Il entre dans le pavillon.)

MINNA, le suivant.

Mais je ne comprends pas... veuillez, je vous prie,
reprendre vos billets...

GALOPPO, sortant du pavillon la partition sous le bras.

Gardez, gardez, Signorina; avé les honnêtes zens
zé souis sans méfiance, zé avé pas bésoin dé réçou.

MINNA, avec impatience.

Mais, Monsieur, je ne puis...

GALOPPO.

Mainténant, quaŋd monsou Galoppo il viendra,
vi loui direz qué Fidélio n'a pas voulou l'attendre.

(Il la salue et va pour sortir.)

MINNA, apercevant Charles.

Il vous sera difficile de l'éviter, Monsieur, car le
voici.

SCÈNE XXIV.

LES PRÉCÉDENS, CHARLES.

GALOPPO, vivement.

Mio figlio !

CHARLES, à part.

Mon père !

MINNA, avec étonnement.

Son père !

GALOPPO, avec ironie à Minna.

Ah ! c'est là lé marzand dé mousiqué qué vi atten-
diez !...

MINNA.

Quoi ! Monsieur...

GALOPPO, à part avec consternation.

Ohimè ! zé souis fait !

MINNA.

Vous n'êtes donc point monsieur Fidelio ?

GALOPPO, en fronçant le sourcil et d'un air grave.

Qu'est-ce à dire, Madémigella !.... osériez-vous zoindre l'ironie à l'astouce !

MINNA, vivement.

Quel langage !

CHARLES, se rapprochant de son père.

Mon père...

GALOPPO, d'un air irrité à Charles.

Taci, bricconc !

MINNA.

Expliquez-vous, Monsieur, de grâce !

GALOPPO, toujours ironiquement.

Brava, bravissima, Signorina ! continouez votre rôle ; vous zouez la comédie comme oun anze.

MINNA, avec un mouvement de vivacité.

Encore une fois, Monsieur, finissons, je vous prie; je ne puis souffrir plus long-temps...

GALOPPO.

Oui dà ! vi mé férez entendre pout-être qué vi m'avez pris per oun opéra !

MINNA, vivement.

Un opéra !

GALOPPO.

Et per l'opéra dé votre oncle ! comé si z'avais l'air d'oun opéra, moi, là !

MINNA.

Quoi ! Fidelio...

GALOPPO.

Si, si, Fidelio qué zé tiens sous mon bras et qui
est bien à moi, car vi mé l'avez fait payer assez zer.

MINNA, s'approchant de lui avec dignité.

Monsieur, je crois comprendre maintenant qu'il
n'y a eu dans tout ceci qu'un malentendu dont je serais désolée que vous fussiez victime. Voici vos billets que vous m'avez forcée de prendre; reprenez-
les, Monsieur : la nièce de Beethoven ne se rendra
jamais indigne de son oncle.

(Galoppo reste un moment interdit, les yeux fixés sur Minna qui
lui tend toujours les billets.)

GALOPPO, gravement en ôtant son chapeau.

Madémigella, voilà oune azion soublime; ellé mé
prouvé qué z'étais dans l'errour. Zé vi démandé perdono dé vi avoir si mal zouzée, et la permission dé
réparer ma faute en vi appelant ma fille.

MINNA, vivement.

Il se pourrait...

CHARLES.

Quoi !... mon père...

GALOPPO, les unissant.

Oui, mes enfans, zé vous ounis, soyez houroux.

MINNA.

Ah! Monsieur...

GALOPPO, à Minna.

Vi avez ou là oun beau mouvément... oui... z'en

souis encore tout émou. Moi, z'aimé tout cé qui est noble, tout cé qui est grand. (Reprenant les billets de banque.) Ça né m'empéze pas d'aimer l'arzent, voyez-vous. Zé doublé la somme; dité mainténant qué zé souis pas accommodant.

TERZETTO.

MINNA.

Ah! jamais ma reconnaissance
Pourra-t-elle acquitter mon cœur!

GALOPPO.

Fidelio l'acquittéra, zé pense :
Entre nous, il est dé valeur
A povoir ténir lio d'avance
D'ouné bonné réconnaissance.

CHARLES.

Livrons nos cœurs aux transports les plus doux ;
Un tendre père les partage.
Notre bonheur est son ouvrage;
Il en jouit autant que nous.

ENSEMBLE.

Livrons nos)
Livrez vos) cœurs aux transports, etc.

SCÈNE XXV ET DERNIÈRE.

LES PRÉCÉDENS, MUSICIENS, VALETS DU PRINCE, *ensuite*
LE PRINCE, FREMANN, SEIGNEURS *et* DAMES DE
LA SOCIÉTÉ DU PRINCE, *et enfin* BEETHOVEN.

(Les musiciens apportent leurs instrumens et leurs pupitres; les
valets, des lustres qu'ils suspendent aux arbres.)

CHOEUR.

Digne amant de Polymnie,
Un prince ici nous convie
Au triomphe du génie,
A la fête des beaux-arts :
Venez, fils de l'harmónie,
Vous ranger sous ses étendards!

(Le Prince entre avec Fremann, qui tient une lettre à la main
qu'il examine avec attention.)

LE PRINCE, à Fremann en lisant avec lui.

Vous le voyez, docteur, cette lettre est précise;
Les termes en sont clairs : « Fremann ira vous voir;
» Laissez-le dire et, quoi qu'il dise,
» Venez, je vous attends ce soir.
» A ce soir, sans remise. »

(Le Prince quitte Fremann, et s'approchant de Galoppo, qui le
salue respectueusement, lui tend la main et paraît renouveler
connaissance avec lui. Au bout de quelques instans, Galoppo
entre dans le pavillon, et en sort avec les parties de *Fidelio*

qu'il distribue aux musiciens et chanteurs. Pendant ce jeu de
scène, Fremann paraît absorbé dans ses réflexions.)

FREMANN, à part.

Non, rien n'éga e ma surprise.

(En se retournant du côté du pavillon.)

Mais quoi !... ce pavillon ouvert... ce piano...
Ah ! puisse-t-il, pour prix de sa folle imprudence,
Ne pas donner raison lui-même à la science
En maudissant *Fidelio !*

CHOEUR.

Digne amant de Polymnie,
Un prince ici nous convie
Au triomphe du génie,
A la fête des beaux-arts :
Venez, fils de l'harmonie,
Vous ranger sous ses étendards !

LE PRINCE, en feuilletant la partition.

Messieurs, en attendant notre ami Beethoven,
commençons toujours, car je brûle d'impatience....
Voyons, voyons d'abord le finale du second acte
dont il m'a souvent parlé comme devant être un des
plus beaux morceaux de sa partition.

FINALE DU DEUXIÈME ACTE DE *Fidelio.*

CHOEUR, en si bémol.

Oh ! quel plaisir ! oh ! quel transport !
Que mon ame est ravie !
Le jour, pour nous, oui, c'est la vie !
La nuit, c'est la mort !

PREMIER TENOR (LE PRINCE).

Comptons sur la justice
Du ciel (*bis*) à notre espoir propice :
Le jour s'approche où, libres tous,
Oui, nous verrons le bonheur luire encor pour nous.

CHOEUR.

Qu'entends-je! libres! libres, tous!
O douce liberté! tu renaîtrais pour nous!

PREMIÈRE BASSE, à voix basse (GALOPPO).

Silence!... ne nous perdons pas;
On nous écoute, parlons bas.

CHOEUR, à voix basse jusqu'à la fin.

Silence! ne nous perdons pas;
Parlons bas!

Oh! quel plaisir! oh! quel transport!
Que mon ame est ravie!
Le jour pour nous, oui, c'est la vie!
Oh! quel plaisir! oh! quel transport!
Silence!... ne nous perdons pas :
On nous écoute, parlons bas.
Silence!... oui, parlons bas.

(Vers le milieu de ce finale, Beethoven entre, regardant tour à
tour et d'un œil hagard chaque exécutant, et exprimant, par sa
pantomime et le jeu de sa physionomie, l'horreur de sa situation : il n'entend plus, il est sourd. *Rien!... rien!... plus
rien!* s'écrie-t-il à part, d'une voix étouffée et avec l'accent du
désespoir. Puis, s'approchant de Fremann, qui l'observe et suit
tous ses mouvemens avec attention, il lui serre la main avec

expression, et tombe sur un siége comme anéanti et la tête pen-
chée tristement sur sa poitrine. Cependant le morceau s'achève ;
le Prince quitte brusquement sa place et court à Beethoven, qui
est toujours dans la même position.)

LE PRINCE, avec enthousiasme.

Cher Beethoven ! (Fremann lui barre le passage.) Qu'est-
ce donc?... et d'où lui vient cet air abattu? Quand
nous sommes de feu, Beethoven est de glace !

FREMANN.

Il dort.

LE PRINCE, vivement.

Il dort !... dans un pareil moment !...

FREMANN, tristement.

Ne le réveillons pas : ce sommeil aujourd'hui lui
est plus nécessaire que mes soins.

LE PRINCE.

Eh ! quoi, il ne jouirait même pas de notre enthousiasme et de son triomphe?

FREMANN.

Votre enthousiasme? il ne lui est plus permis de le
partager.

LE PRINCE, vivement.

Docteur...

FREMANN.

Son triomphe? il n'y trouverait que le désespoir !

LE PRINCE.

Vous m'effrayez... (Aux exécutans.) Ah ! si son état

l'exige, sortons, Messieurs, sortons à l'instant même.

FREMANN, le retenant.

Non, restez; continuez sans crainte.

LE PRINCE.

Comment?

FREMANN.

Hélas! l'infortuné, même éveillé, ne peut plus vous entendre.

LE PRINCE, vivement.

Grand Dieu!

FREMANN.

Vous savez son secret.

LE PRINCE, avec anxiété.

Ah! du moins, grâce aux ressources de votre art, cher docteur, vous pourrez le délivrer du mal funeste....

FREMANN, avec hésitation.

Je l'espère.

LE PRINCE, vivement en lui serrant la main.

Vous me rendez la vie! (A l'orchestre et aux chanteurs) Poursuivons, Messieurs; achevons cet essai de l'œuvre de notre malheureux ami. Plus tard, lorsque par les soins du docteur sa guérison sera complète, nous n'en aurons que plus d'assurance pour le lui faire entendre.

CHOEUR, en ut majeur.
(Troisième acte de *Fidelio*.)

Gloire ! gloire ! amour, honneur, reconnaissance
　　Au prince, ami des malheureux,
　　Dont la justice, la clémence,
　　Nous rend à la clarté des cieux !

(Le Prince déposo une couronne de laurier sur la tête de Beethoven, toujours endormi, et le rideau tombe sur ce tableau.)

FIN.

SCÈNE ET AIR DE FIDELIO.

Beethoven.

PIANO.

tu sais quel fut mon cri - me!

s'il faut dans ce tom - beau,

oui, s'il faut fi-nir mes jours, cres. ah! j'y con -

p più moto f

p cres. f

- sens. las du sort qui m'op -

Poco Andante.

p cres. f

Poco Allegro.

- prime

dol.

dol. p cres.

per mets, grand Dieu! que du tré - pas . . . . . . j'im -

- plo - re le se - cours!

au prin - temps de ma vi - e comme un

son - ge a fui mon bon - heur.

6

_ moins   fait   mon   de _ voir,

dim.   *p* dol.

la   mort la   mort   mê _ _   me   peut m'at _

dol.

dol.

_ tein _ dre   j'ai du _ moins   fait mon de _ voir;   oui mon de _

cres.   *p*   cres.   *p*

_ voir.

Poco Allegro.

cres   *p*

cres.   *p*

oui

dim:

_heur au bon _ heur!

où suis-je! où suis-je! ré_veil en_chanteur!

du sein d'un nu_a_ge cé _ les_te va_peur un

an_ge un an_ge un an_ge à mes mœux vient sou _ ri_re

cres _ _ _ _ _ p

cet ange est Lé_o _ no_re Lé_o _ no_re toi que j'a _

viens   me ren-dre   me   ren-dre   me ren-dre au bon-

_heur   me ren-dre au bon_heur   au   bon_

_heur

www.ingramcontent.com/pod-product-compliance
Lightning Source LLC
Chambersburg PA
CBHW070512030726
47503CB00004B/1242